O Conceito de Natureza

Alfred North Whitehead
O Conceito de Natureza

Tradução
JÚLIO B. FISCHER

Revisão da tradução
CARLOS EDUARDO SILVEIRA MATOS

Martins Fontes

Título original: THE CONCEPT OF NATURE
Publicado por Press Syndicate of the University of Cambridge
Copyright © Press Syndicate of the University of Cambridge
Copyright © 1993, Livraria Martins Fontes Editora Ltda.,
São Paulo, para a presente edição.

1ª edição *1994*
2ª tiragem *2009*

Tradução
JÚLIO B. FISCHER

Revisão da tradução
Carlos Eduardo Silveira Matos
Revisão gráfica
Marise Simões Leal
Márcio Della Rosa
Produção gráfica
Geraldo Alves
Composição
Ademilde L. da Silva

Dados Internacionais de Catalogação na Publicação (CIP)
(Câmara Brasileira do Livro, SP, Brasil)

Whitehead, Alfred North, 1861-
 O conceito de natureza / Alfred North Whitehead ; [tradução Júlio B. Fischer]. – São Paulo : Martins Fontes, 1993. – (Coleção Tópicos)

"As Conferências Tarner ministradas no Trinity College, novembro de 1919."

ISBN 85-336-0248-0

1. Ciência - Filosofia 2. Conhecimento - Teoria 3. Filosofia da natureza 4. Natureza I. Título. II. Série.

93-3365   CDD-501

Índices para catálogo sistemático:
1. Ciência : Filosofia 501
2. Ciências naturais : Filosofia 501
3. Filosofia da ciência 501

Todos os direitos desta edição para a língua portuguesa reservados à
Livraria Martins Fontes Editora Ltda.
Rua Conselheiro Ramalho, 330 01325-000 São Paulo SP Brasil
Tel. (11) 3241.3677 Fax (11) 3105.6993
e-mail: info@martinsfonteseditora.com.br http://www.martinsfonteseditora.com.br

SUMÁRIO

Prefácio 1
   I. Natureza e pensamento 5
  II. Teorias da bifurcação da natureza 33
 III. O tempo 61
 IV. O método da abstração extensiva 91
   V. Espaço e movimento 119
 VI. Congruência 143
VII. Os objetos 169
VIII. Resumo 193
 IX. Os conceitos físicos fundamentais 217
Nota: Do conceito grego de ponto 233
Nota: Do significado e dos eventos infinitos 235

PREFÁCIO

O conteúdo deste livro foi originalmente apresentado no Trinity College, no outono de 1919, como o ciclo inaugural de Conferências Tarner. A função de conferencista Tarner tem caráter ocasional e foi criada pela generosidade do sr. Edward Tarner. A tarefa de cada um daqueles que sucessivamente ocupam o posto será a de ministrar um ciclo de conferências acerca da ''Filosofia das Ciências e as Relações ou Ausência de Relações entre os diferentes Setores do Conhecimento''. O presente livro traduz o esforço do primeiro conferencista da série em desincumbir-se de sua tarefa.

Os capítulos preservam sua forma original de conferências e se mantêm da maneira como foram ministradas, à exceção de pequenas alterações visando eliminar obscuridades de expressão. A forma da conferência tem a vantagem de sugerir uma platéia com um quadro intelectual definido, o qual a conferência tem o propósito de modificar em um sentido específico. Na apresentação de uma perspectiva diferente e com amplas ramificações, uma exposição linear, das premissas às conclusões, não é suficiente para assegurar a inteligibilidade. A assistência irá interpretar tudo aquilo que for dito segundo sua perspectiva preexistente. Por esse motivo, os dois primeiros capítulos e os dois últimos são essenciais para a inteligibilidade do livro, muito embora pouco acrescentem à inteireza formal da exposição. Sua função é evitar que o leitor se desvie da rota no encalço de concepções equivocadas. Idêntico motivo me leva a evitar a terminologia técnica da filosofia. A moderna filosofia natural está crivada de alto a baixo pela falácia da bifurcação, discutida no segundo capítulo deste livro. Por conseguinte, todos os seus termos técnicos implicam, de alguma forma sutil, um entendimento equivocado de minha tese. Talvez seja conveniente prevenir explicitamente que, se o leitor se entregar ao vício cômodo da bifurcação, sequer uma única palavra do que escrevi lhe será inteligível.

Os dois últimos capítulos não pertencem propriamente ao ciclo especial. O Capítulo VIII é uma conferência ministrada na primavera de 1920 diante da Sociedade de Química dos alunos do Imperial College of Science and Technology. Foi incluída neste volume a título de resumo e aplicação convenientes da doutrina do livro para uma platéia imbuída de uma certa perspectiva específica.

Este volume sobre "O Conceito de Natureza" é complementar a meu livro anterior, *An Enquiry concerning the Principles of Natural Knowledge*. Qualquer um deles pode ser lido independentemente, mas ambos se completam. Em parte, o presente livro apresenta certos pontos de vista omitidos em seu predecessor e em parte transpõe o mesmo terreno com uma exposição alternativa. Por um lado, a notação matemática foi criteriosamente evitada, sendo acei-

PREFÁCIO 3

tos os resultados das deduções matemáticas. Determinadas explicações foram aprimoradas, enquanto outras foram iluminadas sob um novo prisma. Por outro lado, importantes pontos do trabalho anterior foram omitidos quando não havia nenhum acréscimo a fazer a seu respeito. De modo geral, enquanto o trabalho anterior baseava-se, no fundamental, em idéias diretamente extraídas da física matemática, o presente livro guarda maior proximidade a determinadas áreas da filosofia e da física, a ponto de excluir a matemática. Os dois trabalhos convergem em suas discussões acerca de alguns detalhes do espaço e do tempo.

Não tenho consciência de ter modificado em sentido algum minhas concepções. Houve alguns desdobramentos. Aqueles que permitem uma exposição não-matemática foram incorporados ao texto. Os desdobramentos matemáticos são mencionados nos dois últimos capítulos e se referem à adaptação dos princípios da física matemática à forma do princípio da relatividade aqui sustentada. Embora seja adotado o método einsteiniano de utilizar a teoria dos tensores, sua aplicação é conduzida por diferentes linhas e a partir de diferentes pressupostos. Aqueles dentre os seus resultados que tiveram comprovação na experiência também são obtidos por meus métodos. A divergência nasce fundamentalmente de minha recusa em aceitar sua teoria do espaço não-uniforme ou sua admissão do peculiar caráter fundamental dos sinais luminosos. Não obstante, eu não incorreria no erro de deixar de reconhecer o valor de seu recente trabalho acerca da relatividade geral, que tem o grande mérito de ter sido o primeiro a revelar o modo como a física matemática deve se desenvolver à luz do princípio da relatividade. A meu ver, no entanto, ele confinou o desenvolvimento de seu brilhante método matemático aos limites estreitos de uma filosofia altamente duvidosa.

O objetivo do presente volume e de seu predecessor é lançar as bases de uma filosofia natural que seja o pressuposto necessário de uma física especulativa reorganizada. A assimilação geral do espaço e tempo que domina o pensamento construtivo pode reivindicar o apoio independente de Minkowski pelo lado da ciência e também de sucessivos relativistas, ao passo que, no tocante aos filósofos, foi, creio eu, tema das Conferências Gifford do professor Alexander, ministradas há poucos anos, mas ainda não publicadas. Também ele resumiu suas conclusões quanto a essa questão em uma palestra à Sociedade Aristotélica em julho de 1918. Desde a publicação de *An Enquiry concerning the Principles of Natural Knowledge*, pude beneficiar-me com a leitura do livro de Sr. C.D. Broad, *Perception, Physics and Reality* [Camb. Univ. Press, 1914]. Esse valioso trabalho serviu-me de apoio em minha discussão do Capítulo II, embora eu desconheça até que ponto o sr. Broad concordaria com qualquer um dos meus argumentos, da maneira como ali enunciados.

Resta-me agradecer aos quadros da University Press, seu pessoal da linotipia, seus revisores de provas, seu pessoal de escritório e gerentes, não apenas pela excelência técnica de seu trabalho, mas pelo modo como cooperaram no sentido de assegurar o atendimento de minhas conveniências.

A.N.W.

IMPERIAL COLLEGE OF SCIENCE AND TECHNOLOGY
Abril de 1920

CAPÍTULO I

NATUREZA E PENSAMENTO

O tema enfocado pelas Conferências Tarner é definido por seu criador como sendo "a Filosofia das Ciências e as Relações ou Ausência de Relações entre os diferentes Setores do Conhecimento". Na primeira conferência dessa nova instituição, será conveniente nos determos por alguns instantes nos propósitos de seu outorgante tal como expressos nessa definição; e o faço com um prazer tanto maior quanto isso me facultará introduzir os tópicos aos quais o presente curso deverá estar voltado.

É justificado, penso eu, tomarmos a segunda chave da definição como parcialmente explanatória da primeira. O que vem a ser a filosofia das ciências? Não será uma resposta insatisfatória dizer que se trata do estudo das relações entre os diferentes setores do conhecimento. Então, com admirável deferência para com a liberdade do saber, são inseridas na definição, após a palavra "relações", as palavras "ou ausência de relações". Uma confutação das relações entre as ciências constituiria em si mesma uma filosofia das ciências. Mas não poderíamos prescindir quer da primeira quer da segunda chave. Não é toda e qualquer relação entre as ciências que participa da filosofia das mesmas. A biologia e a física, por exemplo, estão ligadas pelo uso do microscópio. Ainda assim, posso asseverar com segurança que uma descrição técnica das utilizações do microscópio na biologia não é parte da filosofia das ciências. Por outro lado, não podemos abandonar a última chave da definição, ou seja, aquela referente às relações entre as ciências, sem abandonar a referência explícita a um ideal na ausência do qual a filosofia necessariamente passará a definhar pela carência de um interesse intrínseco. Esse ideal é a obtenção de algum conceito unificador capaz de enquadrar em relações determinadas, inerentes ao mesmo, tudo quanto está disponível ao conhecimento, ao sentimento e à emoção. Esse ideal remoto é a força motiva da investigação filosófica e reclama obediência mesmo quando o banimos. O pluralista filosófico é um lógico rigoroso; o hegeliano floresce em meio a contradições com a ajuda de seu absoluto; o sacerdote maometano curva-se diante da vontade criativa de Alá; e o pragmático aceitará o que quer que seja contanto que "funcione".

A menção a esses vastos sistemas e a essas controvérsias de longa data, das quais os mesmos se originam, advertem-nos à concentração. Nossa tarefa é a mais simples da filosofia das ciências. Ora, uma ciência já possui uma certa unidade, razão pela qual tal corpo de conhecimento foi instintivamente reconhecido como constituinte de uma ciência. A filosofia de uma ciência é o esforço de expressar explicitamente as características unificadoras que permeiam esse complexo de pensamentos e conferem-lhe a condição de ciência. A filosofia das ciências — concebida como um objeto de estudo — é o esforço de apresentar todas as ciências como uma única ciência, ou — em caso de insucesso — a confutação de tal possibilidade.

Farei ainda uma outra simplificação, confinando nossa atenção às ciências naturais, ou seja, às ciências que têm por objeto de estudo a natureza. O postulado de um objeto de estudo comum para esse grupo de ciências determinou a pressuposição de uma filosofia unificadora da ciência natural.

O que entendemos por natureza? É nosso mister discutir a filosofia da ciência natural. Ciência natural é a ciência da natureza. Mas... o que vem a ser a natureza?

A natureza é aquilo que observamos pela percepção obtida através dos sentidos. Nessa percepção sensível, estamos cônscios de algo que não é pensamento e que é contido em si mesmo com relação ao pensamento. Essa propriedade de ser autocontido com relação ao pensamento está na base da ciência natural. Significa que a natureza pode ser concebida como um sistema fechado cujas relações mútuas prescindem da expressão do fato de que se pensa acerca das mesmas.

Em determinado sentido, portanto, a natureza independe do pensamento. A afirmação não se pretende nenhum postulado metafísico. Quero dizer apenas que podemos pensar sobre a natureza sem pensar sobre o pensamento. Direi que, nesse caso, estaremos pensando "homogeneamente" sobre a natureza.

Obviamente, é possível pensar na natureza conjuntamente com o pensamento sobre o fato de a natureza ser alvo de pensamento. Direi, nesse caso, que estaremos pensando "heterogeneamente" sobre a natureza. Na verdade, durante esses últimos minutos estivemos pensando heterogeneamente sobre a natureza. O interesse da ciência natural está voltado exclusivamente para os pensamentos homogêneos sobre a natureza.

Contudo, a percepção sensível traz consigo um elemento diverso do pensamento. Trata-se de uma intrincada questão psicológica o sabermos se a percepção sensível envolve o pensamento; e, caso o envolva, qual o tipo de pensamento que necessariamente envolve. Observe-se que foi estabelecido acima que a percepção sensível é uma apreensão de algo que difere do pensamento. Ou seja, a natureza não é pensamento. Mas essa é uma questão diferente, a saber, que o fato da percepção sensível contém um fator diverso do pensamento. A esse fator denomino "apreensão sensível". Por conseguinte, a doutrina de que a ciência natural ocupa-se exclusivamente de pensamentos homogêneos acerca da natureza não conduz imediatamente à conclusão de que a ciência natural não se ocupa da apreensão sensível.

Formularei, porém, mais este postulado, a saber, que, embora a ciência natural se ocupe da natureza, que é o termo da percepção sensível, não se ocupa da apreensão sensível em si.

Repetirei a linha-mestra desse raciocínio e o desdobrarei em determinadas direções.

O pensamento sobre a natureza é diferente da percepção sensível da natureza. Daí o fato de a percepção sensível conter um ingrediente ou fator que não é pensamento. A esse ingrediente denomino apreensão sensível. É indiferente para meu raciocínio se a percepção sensível inclui ou não o pensamento como ingrediente adicional. Se a percepção sensível não envolve o pensamento, a apreensão sensível e a percepção sensível são idênticas. Aquilo que é percebido, porém, o é enquanto uma entidade que constitui o termo da apreensão sensível, algo que, para o pensamento, se encontra além do fato daquela apreensão sensível. Ademais, a coisa percebida certamente não contém apreensões sensíveis outras, diferentes da apreensão sensível que é um ingrediente dessa percepção. Por conseguinte, a natureza, tal como revelada na percepção sensível, é contida em si mesma em relação à apreensão sensível, além de contida em si mesma em relação ao pensamento. Também expressarei essa contenção em si mesma da natureza dizendo que a natureza está fechada para a mente.

Esse fechamento da natureza não traz em seu bojo nenhuma doutrina metafísica da separação entre natureza e mente. Significa que, na percepção sensível, a natureza é revelada como um complexo de entidades cujas relações mútuas são passíveis de expressão no pensamento sem referência à mente, ou seja, sem referência quer à apreensão sensível quer ao pensamento. Ademais, não pretendo dar a impressão de estar sugerindo que a apreensão sensível e o pensamento sejam as únicas atividades a serem atribuídas à mente. Tampouco estou negando a existência de relações outras entre entidades naturais e a mente, ou mentes, além de serem as entidades os termos da apreensão sensível das mentes. Por conseguinte, estenderei o sentido dos termos ''pensamentos homogêneos'' e ''pensamentos heterogêneos'', já introduzidos. Pensamos ''homogeneamente'' sobre a natureza quando pensamos sobre ela sem pensar sobre o pensamento ou sobre a apreensão sensível, e pensamos "heterogeneamente" sobre a natureza quando pensamos sobre esta conjuntamente com o pensamento sobre o pensamento ou sobre a apreensão sensível ou sobre ambos.

Também considero que a homogeneidade de pensamento sobre a natureza exclui qualquer referência a valores morais ou estéticos cuja assimilação seja vivida na proporção da atividade autoconsciente. Os valores da natureza talvez constituam a chave para a síntese metafísica da existência. Tal síntese, entretanto, é exatamente o oposto do que estou perseguindo aqui. Minha preocupação exclusiva é com as generalizações as mais amplas que se possa levar a cabo respeitando aquilo que nos é conhecido como a direta revelação da apreensão sensível.

Mencionei que a natureza se revela na percepção sensível enquanto um complexo de entidades. Será proveitoso considerar o que entendemos por entidade nesse contexto. "Entidade" é simplesmente o equivalente latino de "coisa", a menos que, com finalidades técnicas, se trace alguma distinção arbitrária entre as palavras. Todos os pensamentos devem se referir a coisas. Podemos obter alguma idéia dessa necessidade de coisas para o pensamento examinando a estrutura de uma proposição.

Suponhamos que uma proposição esteja sendo transmitida por um expositor a um receptor. Tal proposição é composta por frases; algumas dessas frases poderão ser demonstrativas e outras descritivas.

Por frase demonstrativa refiro-me à frase que torna o receptor cônscio de uma determinada entidade de um modo independente da frase demonstrativa particular. Vocês compreenderão que estou empregando aqui o termo "demonstração" em um sentido a-lógico, ou seja, no sentido em que um conferencista demonstra, com o auxílio de uma rã e um microscópio, a circulação sanguínea para uma turma iniciante de estudantes de medicina. Chamarei a tal demonstração "especulativa", reportando-me à acepção em *Hamlet* do termo "especulação", quando se diz:

Não há especulação naqueles olhos[1].

Assim, uma frase demonstrativa demonstra especulativamente uma entidade. Pode se dar que o expositor tenha em mente alguma outra entidade — ou seja, a frase demonstra a ele uma entidade diversa daquela que demonstra ao receptor. Nesse caso, ocorre uma confusão; pois existirão duas proposições diversas, a saber, a proposição para o expositor e a proposição para o receptor. Deixo tal possibilidade de lado enquanto irrelevante para nossa discussão, embora possa ser difícil, na prática, duas pessoas convergirem na consideração exatamente da mesma proposição ou mesmo que uma pessoa tenha determinado exatamente a proposição que está considerando.

Também pode acontecer que a frase demonstrativa não consiga demonstrar entidade alguma. Neste caso, não existe proposição para o receptor. Creio que podemos partir do princípio (irrefletido, talvez) de que o expositor sabe o que pretende transmitir.

---

1. Na verdade, o trecho é de "*Macbeth*" (Ato III, cena 4): "Thou hast no speculation in those eyes", onde *speculation* tem o sentido de "*conhecer aquilo que se vê*", segundo comentário do prof. G. K. Hunter na edição da Penguin Books. (N. T.)

Uma frase demonstrativa é um gesto. Não é em si um constituinte da proposição, mas a entidade que demonstra é tal constituinte. Podemos nos indispor com uma frase demonstrativa considerando-a de alguma forma ofensiva para nós; mas se demonstra a entidade correta, a proposição se mantém válida, embora nosso gosto possa ter sido ofendido. Esse caráter sugestivo da fraseologia é parte da qualidade literária da sentença que transmite a proposição. Isso porque uma sentença transmite diretamente uma proposição, ao mesmo tempo que em sua fraseologia sugere uma penumbra de outras proposições carregadas de valor emocional. Estamos falando agora da proposição específica diretamente transmitida em qualquer fraseologia.

Essa doutrina é obscurecida pelo fato de que, na maior parte dos casos, o que em termos da forma é mera parte do gesto demonstrativo constitui, na verdade, parte da proposição que se pretende transmitir diretamente. Nesse caso, chamaremos elíptica à fraseologia da proposição. Na comunicação ordinária, é elíptica a fraseologia de praticamente todas as proposições.

Vejamos alguns exemplos. Suponha-se que o expositor se encontre em Londres, digamos em Regent's Park e no Bedford College, o grande educandário feminino situado naquele parque. Ele está se pronunciando na entrada do prédio e diz:

"Este edifício educacional é confortável."

A frase "este edifício educacional" é uma frase demonstrativa. Suponhamos agora que o receptor responda:

"Este não é um edifício educacional; é a área dos leões no zoológico."

Então, considerando que a proposição original do expositor não tenha sido expressa em uma fraseologia elíptica, o expositor mantém sua proposição original ao replicar:

"Seja como for, *o lugar* (*it*) é confortável."

Observe-se que a resposta do receptor aceita a especulação demonstrativa da frase "Este edifício educacional". Ele não diz: "O que você está querendo dizer?", mas aceita a frase como demonstrativa de uma entidade, embora declare ser a mesma entidade a área dos leões no zoológico. Em sua réplica, o expositor, a seu turno, reconhece o êxito de seu gesto original enquanto uma demonstração especulativa, e põe de lado a questão da pertinência de seu modo de sugestividade com um "seja como for". Encontra-se agora, contudo, em posição de repetir a proposição original com a ajuda de um gesto demonstrativo privado de qualquer sugestividade, pertinente ou impertinente, dizendo:

"*O lugar* (*it*) é confortável."

O "*it*" de sua afirmação final pressupõe que o pensamento se apoderou da entidade enquanto puro e simples objetivo para consideração.

Restringir-nos-emos a entidades reveladas na apreensão sensível. A entidade é revelada, assim, como um termo relacional no complexo que é a natureza. Ela se faz mostrar a um observador em função de suas relações; mas é um objetivo para o pensamento em sua individualidade pura e simples. O pensamento não pode se processar de outra forma, isto é, não pode se processar sem o "*it*" ideal e simples especulativamente demonstrado. Esse estabelecimento da entidade enquanto objetivo puro e simples não atribui à mesma uma existência à parte do complexo em que foi identificada pela percepção sensível. Para o pensamento, o "*it*" é essencialmente um termo relacional da apreensão sensível.

É possível que o diálogo referente ao edifício educacional assuma uma forma diversa. Seja o que for que o expositor pretendesse dizer originalmente, é praticamente certo que ele agora reconheça sua primeira afirmação como expressa em uma fraseologia elíptica e parta do princípio de que pretendesse dizer:

"Isto aqui é um edifício educacional e é confortável."

Aqui, a frase ou gesto demonstrativo, que demonstra a "coisa" (*it*) que é confortável, foi agora reduzida a um "isto"; e a frase atenuada, mediante as circunstâncias em que é proferida, é suficiente para o propósito da correta demonstração. Isso traz à luz a questão de que a forma verbal jamais é a fraseologia completa da proposição; tal fraseologia inclui ainda as circunstâncias gerais de sua criação. Assim, a meta de uma frase demonstrativa é expor uma "coisa" específica como um objetivo puro e simples para o pensamento; todavia, o *modus operandi* de uma frase demonstrativa é produzir uma apreensão da entidade como um termo relacional particular de um complexo auxiliar, eleito meramente em função da demonstração especulativa e irrelevante para a proposição. No diálogo acima, por exemplo, educandários e edifícios, enquanto relacionados à "coisa" especulativamente demonstrada pela frase "este edifício educacional", fixaram essa "coisa" em um complexo auxiliar que é irrelevante à proposição.

"O lugar (a coisa, *it*) é confortável."

Na linguagem, obviamente, cada frase é, de modo invariável, altamente elíptica. Por conseguinte, a sentença

"Este edifício educacional é confortável" provavelmente significa: "Este edifício educacional é confortável enquanto edifício educacional."

Perceberemos, porém, que é possível substituir "confortável" por "confortável enquanto edifício educacional" na discussão acima, sem alterar nossa conclusão; muito embora possamos adivinhar que o receptor, que imaginou estar na área dos leões do zoológico, estaria menos inclinado a admitir que: "Seja como for, o lugar é confortável enquanto edifício educacional."

Teremos um exemplo mais evidente de fraseologia elíptica se o expositor dirigir ao receptor a observação: "Esse criminoso é seu amigo."

O receptor poderia responder: "Ele é meu amigo e o senhor está sendo grosseiro."

Aqui, o receptor parte do princípio de que a frase "Esse criminoso" é elíptica e não simplesmente demonstrativa. Na verdade, a pura demonstração é impossível, ainda que seja o ideal do pensamento. A impossibilidade prática da pura demonstração é uma dificuldade que se manifesta na comunicação do pensamento e na retenção do pensamento. Em outras palavras, uma proposição acerca de um fator particular da natureza não pode ser expressa a outros e tampouco retida para considerações repetidas sem a ajuda de complexos auxiliares que lhe são irrelevantes.

Passarei agora às frases descritivas. O expositor diz: "Um educandário em Regent's Park é confortável."

O receptor conhece bem Regent's Park. A frase "Um educandário em Regent's Park" é descritiva para ele. Não sendo elíptica sua fraseologia — o que, na vida cotidiana, certamente será, de uma forma ou de outra —, tal proposição significa simplesmente: "Existe uma entidade que é uma construção educacional em Regent's Park e que é confortável."

Caso o receptor retruque: "A área dos leões no zoológico é a única construção confortável em Regent's Park", ele agora estará contradizendo o expositor, partindo do princípio de que uma área de leões em um zoológico não é um edifício educacional.

Assim, enquanto no primeiro diálogo o receptor simplesmente polemizou com o expositor sem contradizê-lo, neste diálogo ele o contradiz. Assim, uma frase descritiva é parte da proposição que contribui para expressar, enquanto uma frase demonstrativa não é parte da proposição que contribui para expressar.

O expositor pode ainda estar parado em Green Park — onde não existe nenhum edifício educacional — e dizer: "Este edifício educacional é confortável."

Provavelmente, nenhuma proposição será recebida pelo receptor, porquanto a frase demonstrativa "Este edifício educacional" nada logrou demonstrar, dada a ausência da base que pressupõe em termos de apreensão sensível.

Caso o expositor tivesse dito, porém: "Um edifício educacional em Green Park é confortável", o receptor teria recebido uma proposição, embora uma proposição falsa.

A linguagem é normalmente ambígua e seria imprudente fazer afirmações genéricas quanto a seus significados. Mas frases iniciadas em "isso" ou "aquilo" são normalmente demonstrativas, enquanto as frases iniciadas com "o, a" ou "um, uma" são amiúde descritivas. Ao estudar a teoria da expressão proposicional, é importante ter em mente a larga diferença entre as modestas palavras análogas "isso" e "aquilo" por um lado, e "um, uma" e "o, a", por outro. A frase "O edifício educacional em Regent's Park é confortável" significa, segundo a análise originariamente empreendida por Bertrand Russell, que: "Existe uma entidade que (i) é um edifício educacional em Regent's Park e que (ii) é confortável e que (iii) é tal que qualquer edifício educacional em Regent's Park lhe é idêntico."

O caráter descritivo da frase "O edifício educacional em Regent's Park" é, portanto, evidente. Por outro lado, a negativa da proposição se dá pela negação de qualquer uma de suas três chaves componentes ou pela negação de qualquer combinação das chaves componentes. Tivéssemos substituído "Regent's Park" por "Green Park" o resultado seria uma proposição falsa. A construção de um segundo estabelecimento educacional em Regent's Park também tornaria falsa a proposição, muito embora na vida diária o senso comum a tratasse, por polidez, como meramente ambígua.

Para um estudioso do classicismo, "A Ilíada" é em geral uma frase demonstrativa, pois demonstra para ele um poema bem conhecido. Para a maioria da humanidade, contudo, a frase é descritiva, ou seja, tem por sinônimo "O poema intitulado 'A Ilíada' ".

Os nomes podem ser frases quer demonstrativas quer descritivas. "Homero", por exemplo, é para nós uma frase descritiva, ou seja, a palavra, com alguma ligeira diferença de sugestividade, significa "O homem que escreveu 'A Ilíada' ".

A presente discussão ilustra como o pensamento coloca diante de si objetivos simples — entidades, como nós os chamamos —, com os quais o pensar se reveste ao expressar suas relações mútuas. A apreensão sensível revela um fato por meio dos fatores que são as entidades do pensamento. A distinção separada de uma entidade no pensamento não é uma asserção metafísica, mas um método de processo necessário para a expressão finita de proposições individuais. Além das entidades não poderiam existir verdades finitas; são elas os meios pelos quais a infinitude da irrelevância é excluída do pensamento.

Resumindo: os termos do pensamento são entidades, em primeira instância com individualidades simples e em segunda instância com propriedades e relações a elas atribuídas no processo de pensamento; os termos para a apreensão sensível são fatores do fato da natureza, em primeira instância termos relacionais e apenas em segunda instância discriminados como individualidades definidas.

Nenhuma característica da natureza imediatamente apresentada ao conhecimento pela apreensão sensível pode ser explicada. É impenetrável ao pensamento, no sentido de que seu peculiar caráter essencial que se introduz na experiência através da apreensão sensível é, para o pensamento, o simples guardião de sua individualidade enquanto simples entidade. Para o pensamento, portanto, "vermelho" é simplesmente uma entidade definida, embora, para a apreensão, o "vermelho" carregue o conteúdo de sua individualidade. A transição do "vermelho" da apreensão para o "vermelho" do pensamento é acompanhada por uma nítida perda de conteúdo, ou seja, pela transição do fator "vermelho" para a entidade "vermelho". Essa perda na transição para o pensamento é compensada pelo fato de o pensamento ser comunicável, ao passo que a apreensão sensível é incomunicável.

Existem, portanto, três componentes em nosso conhecimento da natureza, a saber: fato, fatores e entidades. Fato é o termo indiferenciado da apreensão sensível; fatores são termos da apreensão sensível, diferenciados enquanto elementos do fato; entidades são fatores em sua função enquanto os termos do pensamento. As entidades assim referidas são entidades naturais. O pensamento é mais amplo que a natureza, de sorte que existem entidades do pensamento que não são entidades naturais.

Quando falamos da natureza como um complexo de entidades inter-relacionadas, o "complexo" é fato enquanto entidade do pensamento, a cuja individualidade pura e simples é atribuída a propriedade de abarcar, em sua complexidade, as entidades naturais. É nosso propósito analisar essa concepção; no curso da análise, o espaço e o tempo deverão se manifestar. Evidentemente, as relações existentes entre as entidades naturais são por si mesmas entidades naturais, ou seja, são também fatores de fato, ali presentes para a apreensão sensível. Nesse sentido, a estrutura do complexo natural jamais pode ser completada em pensamento, da mesma forma como os fatores de um fato jamais podem ser exauridos na apreensão sensível. A inexauribilidade é um caráter essencial de nosso conhecimento da natureza. Ademais, a natureza não exaure a matéria destinada ao pensamento, ou seja, existem pensamentos que não ocorreriam em nenhum pensamento homogêneo sobre a natureza. A questão de sabermos se a percepção sensível envolve o pensamento é largamente verbal. Se a percepção sensível envolve uma cognição da individualidade abstraída da posição atual da entidade enquanto fator de um fato, ela indubitavelmente envolve o pensamento. Mas se for concebida como apreensão sensível de um fator de um fato, fator esse competente para evocar a emoção e a ação investida de propósito sem o concurso de uma cognição, ela não envolve o pensamento. Nesse caso, o termo da consciência da apreensão sensível representa algo para a mente, mas nada para o pensamento. Pode-se conjecturar que a percepção sensível de algumas formas inferiores de vida se aproxime habitualmente desse caráter. Por vezes, também, nos momentos em que nossa atividade racional foi acalmada até atingir um estado de quietude, nossa percepção sensível não está tão longe de alcançar esse limite ideal.

O processo de discriminação na apreensão sensível tem duas faces distintas. Existe a discriminação de um fato em partes e a discriminação de qualquer parte de um fato enquanto exibição de relações para com entidades que não são partes do fato, embora sejam ingredientes do mesmo. Em outras palavras, o fato imediato para a apreensão é a ocorrência da natureza em sua totalidade. É a natureza enquanto evento presente à apreensão sensível e essencialmente passageiro. É inexeqüível imobilizar a natureza e contemplá-la. Não podemos redobrar nossos esforços para aprimorar nosso conhecimento do termo de nossa apreensão sensível presente; é nossa oportunidade subseqüente na apreensão sensível subseqüente que aufere o benefício de nossa boa resolução. Assim, o fato fundamental para a apreensão sensível é um evento. A totalidade desse evento é por nós discriminada em eventos parciais. Estamos cônscios de um evento que é nossa vida corporal, de um evento que é o andamento da natureza no interior desta sala e de um conglomerado vagamente percebido de outros eventos parciais. Essa é a discriminação na apreensão sensível de um fato em partes.

Empregarei o termo "parte" no sentido arbitrariamente limitado de um evento que é parte do fato total revelado na apreensão.

A apreensão sensível também nos transmite outros fatores da natureza que não eventos. O azul-celeste, por exemplo, é visto como situado em um evento determinado. Essa relação de situação exige uma discussão mais extensa, o que adiaremos para uma palestra futura. A questão presente é a de que o azul-celeste é encontrado na natureza com uma nítida implicação em determinados eventos, mas não é um evento em si mesmo. Por conseguinte, existem na natureza, além dos eventos, outros fatores que nos são revelados diretamente na apreensão sensível. A concepção, no pensamento, de todos os fatores da natureza como entidades distintas imbuídas de relações naturais definidas é algo que denominei alhures[2] a "diversificação da natureza".

Há uma conclusão geral a ser extraída da discussão precedente: a de que a primeira atribuição de uma

---

2. Cf. *Enquiry*.

filosofia da ciência deve ser a de elaborar alguma classificação geral das entidades a nós reveladas na percepção sensível.

Entre os exemplos de entidades acrescidas a "eventos" por nós utilizadas para fins ilustrativos estão os edifícios do Bedford College, Homero e o azul-celeste. Evidentemente, trata-se de espécies muito diversas de coisas, e é provável que enunciados acerca de determinada espécie de entidade não sejam válidos para as outras espécies. Se o pensamento humano se processasse segundo o método ordenado que a lógica abstrata lhe sugeriria, poderíamos ir mais adiante e afirmar que uma classificação das entidades naturais deveria ser o passo inicial da própria ciência. Talvez vocês se sintam inclinados a responder que tal classificação já foi empreendida e que o campo de interesse da ciência são as aventuras das entidades materiais no espaço e no tempo.

A história da doutrina da matéria ainda deve ser escrita. É a história da influência da filosofia grega na ciência. Tal influência originou-se de uma concepção equivocada, de origem remota, quanto à condição metafísica das entidades naturais. A entidade foi separada do fator que constitui o termo da apreensão sensível. Converteu-se no substrato de tal fator, enquanto o fator foi degradado à condição de atributo da entidade. Dessa forma, introduziu-se na natureza uma distinção que, em realidade, absolutamente não existe. Considerada em si mesma, uma entidade natural nada mais é do que o fator de um fato. Sua desconexão com relação ao complexo do fato é uma simples abstração. Não é o substrato do fator, mas o próprio fator em si tal como revelado no pensamento. Portanto, aquilo que é um mero processo da mente na tradução da apreensão sensível em termos do conhecimento discursivo foi transmutado em um caráter fundamental da natureza. Dessa forma, a matéria se afigurou na qualidade de substrato metafísico de suas propriedades e o curso da natureza é interpretado como a história da matéria.

Platão e Aristóteles encontraram o pensamento grego preocupado com a busca das substâncias simples em cujos termos o curso dos eventos poderia ser expresso. Podemos formular essa disposição da mente na pergunta: De que é feita a natureza? As respostas que a genialidade de ambos os filósofos oferece a essa indagação e, mais particularmente, os conceitos subjacentes aos termos nos quais estruturaram suas respostas, determinaram os inquestionados pressupostos referentes a tempo, espaço e matéria que têm sido soberanos na ciência.

Em Platão, as formas do pensamento são mais fluidas que em Aristóteles e, por conseguinte, segundo me atrevo a julgar, mais valiosas. Sua importância consiste no testemunho que fornecem do pensamento cultivado acerca da natureza antes que lhe tenha sido imposto um molde uniforme pela longa tradição da filosofia científica. No *Timeu*, por exemplo, existe um pressuposto, expresso de modo um tanto vago, de uma distinção entre o vir-a-ser geral da natureza e o tempo mensurável da natureza. Em uma conferência futura terei de distinguir entre o que denomino passagem da natureza e sistemas temporais particulares, que tornam manifestas certas características dessa passagem. Não irei tão longe ao ponto de invocar Platão para um apoio direto a essa doutrina, mas creio efetivamente que as partes do *Timeu* que tratam do tempo tornam-se mais claras se minha distinção for admitida.

Isso, no entanto, é uma digressão. Por ora, minha preocupação está voltada para a origem da doutrina científica da matéria no pensamento grego. Declara Platão, no *Timeu*, que a natureza é feita de fogo e terra, tendo o ar e a água como seus intermediários, de sorte que "tal como o fogo é para o ar, assim é o ar para a água; e tal como o ar é para a água, assim é a água para a terra". Ele também sugere uma hipótese molecular para esses quatro elementos. Segundo essa hipótese, tudo depende da forma dos átomos; para a terra, esta é cúbica e para o fogo, piramidal. Os físicos da atualidade estão novamente discutindo a estrutura do átomo e sua forma não é um fator desprezível nessa estrutura. As suposições de Platão se afiguram imbuídas de um caráter muito mais fantástico que a análise sistemática de Aristóteles; sob certos aspectos, porém, são mais valiosas. O arcabouço geral de suas idéias é comparável àquele da ciência moderna. Ele sistematiza conceitos que qualquer teoria de filosofia natural deve conservar e, em certo sentido, explicar. Aristóteles formulou a questão fundamental quanto ao que entendemos por "substância". Aqui, a reação entre sua filosofia e sua lógica se processou de modo muito infeliz. Em sua lógica, o tipo fundamental de proposição afirmativa é a atribuição de um predicado a um sujeito. Nesse sentido, entre os diversos usos correntes do termo "substância" que analisou, a ênfase recai em seu significado como "o substrato último ao qual nenhum outro predicado é atribuído".

A aceitação inquestionável da lógica aristotélica conduziu a uma tendência inveterada a se postular um substrato para tudo quanto é revelado na apreensão sensível, ou seja, a dirigir o olhar abaixo daquilo de que estamos conscientes, em busca da substância, no sentido da "coisa concreta". Tal é a origem dos modernos conceitos científicos de matéria e éter, ou seja, eles são o produto desse insistente hábito de postulação.

Nesse sentido, o éter foi inventado pela ciência moderna como o substrato dos eventos disseminados pelo espaço e tempo para além do alcance da matéria comum ponderável. Pessoalmente, julgo a predicação uma noção obscura a confundir relações diferentes sob uma conveniente forma de expressão comum. Sustento, por exemplo, que a relação do verde com uma folha de relva difere totalmente da relação do verde com o evento, que é a história da existência daquela folha por um certo período limitado de tempo, e difere da relação da folha com tal evento. Em um determinado sentido denomino evento à situação do verde e, em outro sentido, à situação da folha. Assim, em um determinado sentido a folha é um caráter ou propriedade que se pode tomar como predicativa da situação e, em outro sentido, o verde é um caráter ou propriedade do mesmo evento que é também sua situação. Dessa forma, a predicação de propriedades encobre relações radicalmente diferentes entre entidades.

Como conseqüência, a "substância", que é um termo correlato a "predicação", participa da ambigüidade. Se pretendermos buscar substância em toda parte, deveremos encontrá-la em eventos que constituem, em certo sentido, a substância última da natureza.

Em sua moderna acepção científica, a matéria é um

retorno ao esforço jônico de se determinar, no espaço e no tempo, algum elemento do qual se compõe a natureza. Possui ela uma significação mais refinada do que as primitivas suposições envolvendo a terra e a água em razão de uma certa associação vaga com a idéia aristotélica de substância.

Terra, água, ar, fogo e matéria, e, por fim, o éter, estão relacionados segundo uma sucessão direta no que diz respeito a seus caracteres de substratos últimos da natureza. Dão testemunho da imorredoura vitalidade da filosofia grega em sua busca pelas entidades últimas que são os fatores dos fatos revelados na apreensão sensível. Essa busca é a origem da ciência.

A sucessão de idéias que se inicia nas toscas suposições dos primeiros pensadores jônicos e termina no éter oitocentista nos faz lembrar que a doutrina científica da matéria na verdade é um híbrido, percorrido de passagem pela filosofia em seu trajeto rumo ao refinado conceito aristotélico de substância e para o qual a ciência retornou ao reagir contra as abstrações filosóficas. A terra, o fogo e a água da filosofia jônica e os elementos providos de forma no *Timeu* são comparáveis à matéria e ao éter da moderna doutrina científica. A substância, todavia, representa o conceito filosófico final do substrato de qualquer atributo. A matéria (na acepção científica) já se encontra no espaço e no tempo. Assim, a matéria representa a recusa em rechaçar as características espaciais e temporais e em chegar ao conceito simples de uma entidade individual. Foi essa recusa a responsável pela confusão de se transpor o mero processo do pensamento para o fato da natureza. A entidade, despida de todos os caracteres exceto aqueles do espaço e do tempo, adquiriu uma condição física de tessitura última da natureza, de sorte que o curso da natureza é concebido como as simples vicissitudes da matéria em sua aventura pelo espaço.

Assim, a origem da doutrina da matéria é produto da aceitação acrítica do espaço e do tempo como condições externas da existência natural. Não pretendo dizer com isso que se deva lançar qualquer dúvida sobre fatos do espaço e do tempo enquanto ingredientes da natureza. Refiro-me, isso sim, ''ao pressuposto inconsciente do espaço e do tempo como aquilo em que a natureza está alojada''. É esse exatamente o tipo de pressuposto que matiza o pensamento em qualquer reação contra a sutileza da crítica filosófica. Minha teoria referente à formação da doutrina científica da matéria é a de que, num primeiro momento, a filosofia transformou ilicitamente a entidade pura e simples, que não passa de uma abstração necessária ao método do pensamento, no substrato metafísico desses fatores na natureza que, sob vários aspectos, são consignados a entidades enquanto seus atributos; e que, num segundo passo, os cientistas (incluindo os filósofos que eram cientistas), ignorando consciente ou inconscientemente a filosofia, tomaram esse substrato como pressuposto, *qua* substrato de atributos, como, não obstante, existente no tempo e no espaço.

Isso é seguramente uma confusão. O ser completo da substância é como um substrato para atributos. Por conseguinte, tempo e espaço deveriam ser atributos da substância. O que eles claramente não são, se a matéria for a substância da natureza, uma vez que é impossível expressar verdades espaço-temporais sem recorrer a relações envolvendo termos outros que não frações de matéria. Deixo de lado este ponto, todavia, para chegar em outro. Não é a substância que existe no espaço, mas sim os atributos. O que encontramos no espaço são o vermelho da rosa, o aroma do jasmim e o ruído do canhão. Todos já indicamos a um dentista onde está nossa dor de dente. Portanto, o espaço não é uma relação entre substâncias, mas sim entre atributos.

Assim, mesmo se admitirmos aos adeptos da substância a permissão em conceber a substância como matéria, é fraudulento introduzir sorrateiramente a substância no espaço sob a alegação de que o espaço expressa relações entre substâncias. À primeira vista, o espaço nada tem a ver com substâncias, mas tão-somente com seus atributos. O que quero dizer é que se optarmos — a meu ver erroneamente — por interpretar nossa experiência da natureza como uma apreensão dos atributos das substâncias, essa teoria nos impossibilitará encontrar quaisquer relações análogas diretas entre as substâncias tais como reveladas em nossa experiência. O que efetivamente encontramos são relações entre os atributos das substâncias. Portanto, se a matéria for tida como substância no espaço, o espaço no qual ela se encontra pouco tem a ver com o espaço de nossa experiência.

O argumento acima foi expresso em termos da teoria relacional do espaço. Mas se o espaço for absoluto — ou seja, se possuir um ser independente das coisas nele contidas —, o curso do argumento pouco se altera. Isso porque as coisas existentes no espaço devem guardar uma certa relação fundamental com o espaço, à qual denominamos ocupação. Assim, ainda se mantém a objeção de que o que observamos enquanto relacionados ao espaço são os atributos.

A doutrina científica da matéria é sustentada conjuntamente com uma teoria absoluta do tempo. O mesmo raciocínio adotado para as relações entre espaço e matéria aplica-se às relações entre tempo e matéria. Existe no entanto (na filosofia corrente) uma diferença entre as relações entre espaço e matéria e entre tempo e matéria, à qual passarei a explicar.

O espaço não é uma mera ordenação de entidades materiais de modo tal que cada entidade individual guarda determinadas relações com outras entidades materiais. A ocupação do espaço imprime um certo caráter a cada entidade material isoladamente. Dada a sua ocupação do espaço, a matéria tem extensão. Dada a sua extensão, cada porção de matéria é divisível em partes e cada parte é uma entidade numericamente distinta de todas as outras partes. Conseqüentemente, a impressão que se tem é que cada entidade material não constitui de fato uma entidade, mas uma multiplicidade essencial de entidades. Parece não haver fim nessa dissociação da matéria em multiplicidades, a não ser ao se identificar cada entidade última a ocupar um ponto individual. Essa multiplicidade essencial de entidades materiais certamente não é aquilo que prega a ciência e tampouco corresponde a coisa alguma revelada na apreensão sensível. É absolutamente necessário que se imponha um fim em determinado estágio dessa dissociação e que as entidades materiais assim obtidas sejam tratadas como unidades. O estágio da interrupção pode ser arbitrário ou estipulado pelas características da natureza; todo raciocínio científico, todavia, termina por deixar de lado sua análise espacial e formular a si mesmo o seguinte problema: "Eis aqui uma entidade material; o que estará acontecendo com ela enquanto entidade unitária?" Contudo, essa entidade material conserva ainda sua extensão, e assim estendida é mera multiplicidade. Existirá, portanto, uma propriedade atômica essencial na natureza, independente da dissociação da extensão. Existirá algo uno em si mesmo e que é mais do que a reunião lógica das entidades que ocupam os pontos do volume ocupado pela unidade. Na verdade, podemos perfeitamente nos mostrar céticos quanto a essas entidades últimas em pontos, e pôr em dúvida se tais entidades existem realmente. Elas possuem o caráter suspeito de sermos levados a aceitá-las pela lógica abstrata e não pelo fato observado.

O tempo (na filosofia corrente) não exerce o mesmo efeito desintegrador sobre a matéria que o ocupa. Se a matéria ocupa uma duração do tempo, a totalidade da matéria ocupa cada parte dessa duração. Assim, a relação entre matéria e tempo difere daquela entre matéria e espaço, tal como expressa na filosofia científica corrente. Existe, obviamente, uma dificuldade mais acentuada em se conceber o tempo como o produto das relações entre diferentes porções de matéria do que na concepção análoga de espaço. Em um dado instante, diferentes volumes de espaço são ocupados por diferentes porções de matéria. Conseqüentemente, não existe nenhuma dificuldade intrínseca, até aqui, em se conceber que o espaço nada mais é do que a resultante de relações entre as porções de matéria. No tempo unidimensional, contudo, a mesma porção de matéria ocupa diferentes porções de tempo. Por conseguinte, deveria ser possível expressar o tempo em termos das relações de uma porção de matéria consigo mesma. Meu ponto de vista pessoal é de uma crença na teoria relacional tanto do espaço como do tempo e de uma descrença na forma corrente da teoria relacional do espaço, que exibe porções de matéria como os termos relacionais para as relações espaciais. Os legítimos termos relacionais são eventos. A distinção que acabei de apontar entre tempo e espaço em sua relação com a matéria torna evidente que qualquer assimilação do tempo e do espaço não pode se processar segundo a linha tradicional de se tomar a matéria por elemento fundamental na formação do espaço.

Durante seu desenvolvimento pelo pensamento grego, a filosofia da natureza enveredou por um caminho equivocado. Esse pressuposto errôneo é vago e fluido no *Timeu* de Platão. As bases gerais do pensamento ainda não foram comprometidas e podem ser consideradas como simplesmente se ressentindo da falta de explicação devida e de ênfase na defesa desse pensamento. Na exposição de Aristóteles, contudo, as concepções correntes foram consolidadas e elucidadas, de modo a produzir uma análise falha da relação entre a matéria e a forma da natureza tais como reveladas na apreensão sensível. O termo "matéria", nessa frase, não é empregado em sua acepção científica.

Concluirei minha explanação guardando-me de uma compreensão equivocada. É evidente que a doutrina corrente da matéria cultiva uma certa lei fundamental da natureza. Qualquer exemplo simples pode ilustrar o que pretendo dizer. Em um museu, por exemplo, um espécime qualquer é trancado com segurança em uma caixa de vidro. Ali ele permanece por anos a fio: sua cor se esvanece e talvez se rompa em pedaços. Mas será o mesmo espécime; e os mesmos elementos químicos e as mesmas quantidades de tais elementos estarão presentes na caixa ao final, assim como o estavam no início. O engenheiro e o astrônomo, por sua vez, lidam com movimentos de reais permanências na natureza. Qualquer teoria da natureza que por algum instante perca de vista esses importantes fatos básicos da experiência é simplesmente néscia. Mas pode-se ressaltar que a expressão científica desses fatos terminou enredada no emaranhado de uma metafísica duvidosa e que, quando removemos a metafísica e nos lançamos com fôlego renovado a uma investigação imparcial da natureza, uma nova luz é lançada sobre uma série de conceitos fundamentais que dominam a ciência e orientam o desenvolvimento da investigação.

CAPÍTULO II

TEORIAS DA BIFURCAÇÃO DA NATUREZA

Em minha conferência anterior, critiquei o conceito de matéria como a substância cujos atributos são percebidos por nós. Tal modo de considerar a matéria constitui, penso eu, a razão histórica de sua introdução na ciência — e é ainda a vaga concepção desse modo, na base de nossos pensamentos, que leva a doutrina científica corrente a se afigurar tão óbvia. Ou seja, concebemos a nós mesmos como percebendo atributos de coisas, e são porções de matéria as coisas cujos atributos percebemos.

No século XVII, a doce simplicidade desse aspecto da matéria foi alvo de um duro golpe. As doutrinas científicas da propagação encontravam-se na época em processo de elaboração e, por volta do fim do século, já eram inquestionáveis, muito embora suas formas particulares tenham sido modificadas desde então. O estabelecimento dessas teorias da propagação marca uma guinada na relação entre ciência e filosofia. As doutrinas às quais me refiro especialmente são as teorias da luz e do som. Não tenho a menor dúvida de que as teorias em questão já tinham uma existência vaga e ocasional anterior, como sugestões evidentes ditadas pelo senso comum; pois que nada no pensamento jamais é novo de todo. Naquela época, porém, foram sistematizadas no sentido das ciências exatas e todas as suas conseqüências, implacavelmente deduzidas. É o estabelecimento desse processo de se tomar seriamente as conseqüências que marca a legítima descoberta de uma teoria. Doutrinas sistemáticas da luz e do som como fenômenos provenientes de corpos emissores foram definitivamente estabelecidas, tendo Newton, em particular, exposto de forma inequívoca a relação entre a luz e a cor.

O resultado aniquilou por completo a simplicidade da teoria da percepção baseada no binômio "substância e atributo". Aquilo que enxergamos depende da luz que penetra o olho. Ademais, sequer percebemos o que penetra o olho. As coisas transmitidas são ondas ou — como julgava Newton — partículas diminutas, as coisas percebidas são cores. Locke enfrentou essa dificuldade através de uma teoria de qualidades primárias e secundárias. Segundo ela, existem alguns atributos da matéria que nos são perceptíveis. Tais atributos constituem as qualidades primárias, enquanto outras coisas há que percebemos, como as cores, que não são atributos da matéria, mas são por nós percebidas como sendo tais atributos. São as qualidades secundárias da matéria.

Por que percebemos as qualidades secundárias? Parece uma contingência bastante infeliz a de percebermos muitas coisas que não se encontram presentes. É nisso, porém, que verdadeiramente redunda a teoria das qualidades secundárias. Reina hoje na filosofia e na ciência uma apática aquiescência com a conclusão de que é impossível produzir qualquer relato coerente da natureza tal como nos é revelada na apreensão sensível, sem trazer à baila, de maneira forçada, as relações da mesma com a mente. O relato contemporâneo da natureza não é, como deveria ser, um mero relato daquilo que a mente conhece acerca da natureza, mas é também confundido com um relato acerca da ação da natureza sobre a mente. O resultado tem sido desastroso, tanto para a ciência como para a filosofia, mas sobretudo para a filosofia. O grande tema das relações entre natureza e mente se transformou na forma amesquinhada da interação entre o corpo e a mente humanos.

A polêmica de Berkeley contra a matéria baseou-se nessa confusão introduzida pela teoria da propagação da luz. Ele advogava — justificadamente, a meu ver — o abandono da doutrina da matéria em sua forma presente. Mas nada tinha a propor em substituição, exceto uma teoria quanto à relação das mentes finitas com a mente divina.

A meta a que nos propomos nestas conferências, contudo, é a de nos atermos à natureza propriamente dita e não jornadear para além de entidades reveladas na apreensão sensível.

A percipiência em si mesma é tida como pressuposto. Na verdade, chegamos a considerar as condições para a percipiência, mas apenas até onde tais condições se encontram entre os dados revelados pela percepção. Deixamos a cargo da metafísica a síntese entre o cognoscente e o cógnito. Se faz necessária, para que a linha de argumentação dessas conferências se torne compreensível, alguma explicação e defesa adicionais dessa posição.

A tese imediata para discussão é a de que qualquer interpretação metafísica é uma intromissão ilícita na seara da filosofia da ciência natural. Por interpretação metafísica refiro-me a qualquer discussão do como (para além da natureza) e do porquê (para além da natureza) do pensamento e da apreensão sensível. Buscamos, na filosofia da ciência, as noções gerais que se aplicam à natureza, ou seja, àquilo de que estamos cônscios através da percepção. Trata-se da filosofia da coisa percebida, e não deve ser confundida com a metafísica da realidade, cujo alcance inclui tanto o perceptor como a coisa percebida. Nenhuma perplexidade referente ao objeto do conhecimento pode ser solucionada pela afirmação de que existe uma mente a conhecê-lo[1].

Em outras palavras, é a seguinte a premissa adotada: a apreensão sensível é uma apreensão de algo. Qual será, então, o caráter geral daquele algo por nós apreendido? A pergunta não se refere àquele que percebe ou ao processo, mas à coisa percebida. Enfatizo este ponto porque as discussões acerca da filosofia da ciência são amiúde extremamente metafísicas — em grande detrimento do tema, na minha opinião.

O recurso à metafísica é como lançar um fósforo aceso em um depósito de pólvora. Tudo vai pelos ares. É exatamente isso o que fazem os filósofos científicos quando se vêem lançados em um beco sem saída e censurados por incoerência. De imediato trazem a mente

---

1. Cf. *Enquiry*, prefácio.

à baila e se põem a falar de entidades da mente ou exteriores à mente, conforme o caso. Para a filosofia natural, tudo quanto é percebido encontra-se na natureza. Não podemos empreender uma seleção rigorosa. Para nós, o fulgor avermelhado do poente deve ser parte tão integrante da natureza quanto o são as moléculas e as ondas elétricas por intermédio das quais os homens da ciência explicariam o fenômeno. Cabe à filosofia natural analisar como esses diferentes elementos da natureza se interligam.

Ao fazer essa exigência, julgo-me adotando nossa atitude instintiva imediata para com o conhecimento perceptual, que somente é abandonado sob influência da teoria. Somos instintivamente inclinados a acreditar que, mediante a devida atenção, a natureza pode se revelar a nós para além do observado à primeira vista. Mas não nos contentaremos com menos. O que pedimos da filosofia da ciência é algum relato acerca da coerência das coisas conhecidas através da percepção.

Isso significa uma recusa a sustentar qualquer teoria de acréscimos psíquicos ao objeto conhecido pela percepção. Seja um dado da percepção, por exemplo, a grama verde, um objeto que conhecemos como ingrediente da natureza. A teoria dos acréscimos psíquicos trataria o verdor como um acréscimo psíquico fornecido pela mente perceptiva e reservaria à natureza meramente as moléculas e a energia radiante que influenciam a mente no sentido de tal percepção. Meu argumento é o de que essa introdução forçada da mente como capaz de empreender acréscimos próprios à coisa oferecida ao conhecimento pela apreensão sensível não passa de uma forma de evitar o problema da filosofia natural. Tal problema consiste em discutir as relações *inter se* das coisas conhecidas, abstraídas do fato puro e simples de serem conhecidas. A filosofia natural jamais deve indagar o que está na mente e o que está na natureza. Tal procedimento seria uma confissão de sua inépcia em expressar relações entre coisas perceptivamente conhecidas, ou seja, expressar aquelas relações naturais cuja expressão constitui a filosofia natural. Pode se dar que a incumbência seja demasiado árdua para nós, que as relações sejam por demais complexas e variadas para nossa apreensão ou triviais em demasia para merecerem o incômodo de uma exposição. É verdade, sem dúvida, que percorremos tão-somente um trecho muito pequeno no sentido da formulação adequada de tais relações. No mínimo, porém, não nos dispomos a ocultar o insucesso sob uma teoria da ação coadjuvante da mente perceptiva.

O alvo de meu protesto é essencialmente a bifurcação da natureza em dois sistemas de realidade, os quais, conquanto sejam reais, são reais em sentidos diferentes. Uma realidade seriam as entidades como os elétrons, objeto de estudo da física especulativa. Essa seria a realidade oferecida ao conhecimento, muito embora nessa teoria ela jamais seja conhecida. Isso porque o passível de cognição é a outra espécie de realidade, a ação coadjuvante da mente. Existiriam, portanto, duas naturezas: uma é a conjetura e a outra, o sonho.

Outro modo de enunciar essa teoria contra a qual estou argumentando é bifurcar a natureza em dois segmentos, a saber, a natureza apreendida pela percepção e a natureza que é a causa da percepção. A natureza, enquanto fato apreendido pela percepção, traz dentro de si o verdor das árvores, o gorjeio dos pássaros, a calidez do sol, a rigidez das cadeiras e a sensação do veludo ao tato. A natureza enquanto causa da apreensão é o sistema hipotético de moléculas e elétrons que afeta a mente de modo a produzir a apreensão da natureza aparente. O ponto de convergência dessas duas naturezas é a mente, sendo a natureza causal influente e a natureza aparente, efluente.

Existem quatro questões referentes a essa teoria da bifurcação da natureza que de pronto se prestam à discussão. Dizem respeito à (i) causalidade, (ii) ao tempo, (iii) ao espaço e (iv) às ilusões. São questões que, em verdade, não podem existir separadamente. Constituem apenas quatro pontos de partida distintos a partir dos quais se pode passar à discussão da teoria.

A natureza causal é a influência sobre a mente que é a causa da efluência da natureza aparente a partir da mente. Essa concepção da natureza causal não deve ser confundida com a concepção distinta de uma parte da natureza enquanto a causa de outra parte. Por exemplo, o ardor do fogo e a transmissão do calor a partir deste através do espaço intermédio são a causa que leva o corpo, seus nervos e seu cérebro, a funcionar de determinadas maneiras. Mas esta não é uma ação da natureza sobre a mente. Trata-se de uma interação interna à natureza. A causação envolvida nessa interação é uma causação cujo sentido difere da influência desse sistema de interações corpóreas, interno à natureza, sobre a mente que lhe é estranha e que, mediante tal influência, percebe a vermelhidão e o calor.

A teoria da bifurcação é uma tentativa de apresentar a ciência natural como uma investigação quanto à causa do fato do conhecimento, vale dizer, tenta apresentar a natureza aparente como uma efluência da mente devida à natureza causal. Toda essa noção baseia-se parcialmente na admissão implícita de que a mente só pode conhecer aquilo que ela mesma produziu e de alguma forma conserva dentro de si, embora exija uma razão extrínseca tanto para originar como para determinar o caráter de sua atividade. Ao considerarmos o conhecimento, porém, devemos abolir essas metáforas espaciais, como "interno à mente" e "externo à mente". O conhecimento é uma instância última. Não se pode explicar o "porquê" do conhecimento; só podemos descrever o "quê?" do conhecimento. Ou seja, podemos analisar o conteúdo e suas relações internas, mas não podemos explicar por que existe o conhecimento. A natureza causal, portanto, é uma quimera metafísica, embora se faça necessária uma metafísica cujo alcance transcenda a limitação da natureza. O objetivo de uma tal ciência metafísica não é explicar o conhecimento, mas expor, em sua mais absoluta completude, nosso conceito de realidade.

Cumpre-nos admitir, no entanto, que a teoria da causalidade da natureza tem um séquito respeitável. A razão pela qual a bifurcação da natureza está repetidamente se insinuando pela filosofia científica é a extrema dificuldade em apresentar a vermelhidão e a calidez percebidas no fogo em um sistema único de relações com as agitadas moléculas de carvão e oxigênio, com a energia que deles se irradia e com as diversas atividades do corpo material. A menos que se produzam essas relações de abrangência total, defrontamo-nos com uma natureza bifurcada, ou seja, calidez e vermelhidão por um

TEORIAS DA BIFURCAÇÃO DA NATUREZA 41

lado, e moléculas, elétrons e éter do outro. Assim, os dois fatores são explicados como sendo respectivamente a causa e a reação da mente à causa.

O tempo e o espaço aparentemente forneceriam essas relações de abrangência total exigidas por aqueles que defendem a filosofia da unidade da natureza. A vermelhidão percebida no fogo e o calor estão definitivamente relacionados no tempo e no espaço às moléculas do fogo e às moléculas do corpo.

É pouco mais que um exagero desculpável dizer que a determinação do significado da natureza se reduz precipuamente à discussão do caráter do tempo e do caráter do espaço. Em conferências subseqüentes, explicarei meu ponto de vista do tempo e do espaço. Esforçar-me-ei em demonstrar que constituem abstrações a partir de elementos mais concretos da natureza, isto é, dos eventos. A discussão dos detalhes do processo de abstração apresentará o tempo e o espaço como interligados e, por fim, nos levará ao tipo de relações entre seus dimensionamentos que se verifica na moderna teoria da relatividade eletromagnética. Mas isso é antecipar nossa linha de desenvolvimento. Por ora, quero considerar o modo como as concepções usuais de tempo e espaço contribuem, ou deixam de contribuir, para unificar nossa concepção da natureza.

Primeiramente, consideremos as teorias absolutas do tempo e do espaço. Consideraremos cada um, isto é, tempo e espaço, como um sistema separado e independente de entidades, cada sistema conhecido por nós em si e por si mesmo, simultaneamente a nosso conhecimento dos eventos da natureza. O tempo é a sucessão ordenada de instantes desprovidos de duração; instantes esses que nos são conhecidos meramente como os termos da relação serial que é a relação ordenadora do tempo, relação essa, por sua vez, que somente nos é conhecida como referente aos instantes. Em outras palavras, a relação e os instantes nos são conhecidos conjuntamente em nossa apreensão do tempo, cada um implicando o outro.

Tal é a teoria absoluta do tempo — e confesso que me parece bastante implausível. Em meu conhecimento pessoal não há nada que corresponda ao tempo puro e simples da teoria absoluta. O tempo me é conhecido como uma abstração derivada da passagem dos eventos. O fato fundamental que torna possível essa abstração é a passagem da natureza, seu desenvolvimento, seu avanço criativo; e, combinado a esse fato, temos outra característica da natureza, a saber, a relação extensiva entre os eventos. Esses dois fatos, quais sejam, a passagem dos eventos e a extensão dos eventos uns sobre os outros, são, em minha opinião, as qualidades a partir das quais o tempo e o espaço se originam como abstrações. Mas isso é antecipar minhas próprias especulações futuras.

Por ora, retornando à teoria absoluta, admitiremos que o tempo nos é conhecido independentemente de quaisquer eventos no tempo. O que acontece no tempo ocupa tempo. Essa relação dos eventos com o tempo ocupado, ou seja, essa relação de ocupação, é uma relação fundamental da natureza do tempo. Portanto, a teoria exige que estejamos conscientes de duas relações fundamentais: a relação ordenadora do tempo, entre os instantes, e a relação de ocupação do tempo, entre os instantes do tempo e os estados da natureza ocorridos nesses instantes.

Existem duas considerações que prestam substancial apoio à teoria dominante do tempo absoluto. Em primeiro lugar, o tempo se estende para além da natureza. Nossos pensamentos estão situados no tempo. Por conseguinte, parece impossível derivar o tempo simplesmente das relações entre elementos da natureza. Nesse caso, as relações temporais não poderiam relacionar pensamentos. Assim, para lançar mão de uma metáfora, o tempo aparentemente teria raízes mais profundas na realidade do que a natureza. Isso porque podemos imaginar pensamentos relacionados no tempo sem nenhuma percepção da natureza. Podemos imaginar, por exemplo, um dos anjos de Milton cujos pensamentos se sucedem no tempo, e que casualmente não percebeu que o Altíssimo criou o espaço e ali alojou um universo material. A bem da verdade, creio que Milton colocou o espaço no mesmo nível absoluto que o tempo. Mas isso não deve perturbar nosso exemplo. Em segundo lugar, é difícil derivar da teoria relativista o legítimo caráter serial do tempo. Cada instante é irrevogável. Jamais pode reincidir, pelo próprio caráter do tempo. Mas se na teoria relativista um instante de tempo é simplesmente o estado da natureza naquele momento, e a relação ordenadora do tempo, simplesmente a relação entre esses estados, o caráter irrevogável do tempo pareceria significar que um estado atual da natureza como um todo jamais pode retornar. Admito pareça pouco provável que alguma vez se verificasse tal recorrência até o mínimo detalhe, mas não é a extrema improbabilidade que está em questão. Nossa ignorância é tão abissal que nossos juízos acerca da probabilidade e da improbabilidade de eventos futuros pouco conta. A questão verdadeira é que a exata recorrência de um estado da natureza parece meramente improvável, enquanto a recorrência de um instante do tempo viola todo o nosso conceito de ordem temporal. Os instantes do tempo que passaram são passado e jamais podem tornar a ser.

Qualquer teoria alternativa do tempo deve ter em conta essas duas considerações, verdadeiros sustentáculos da teoria absoluta. Contudo, não prosseguirei agora em sua discussão.

A teoria absoluta do espaço é análoga à correspondente teoria do tempo, embora sejam mais frágeis as razões para sustentá-la. O espaço, segundo essa teoria, é um sistema de pontos desprovidos de extensão, que constituem os termos das relações ordenadoras do espaço tecnicamente combináveis em uma única relação. Tal relação não organiza os pontos em uma série linear analogamente ao método simples da relação ordenadora do tempo com respeito aos instantes. As características lógicas essenciais dessa relação da qual todas as propriedades do espaço derivam são expressas pelos matemáticos nos axiomas da geometria. Com base nesses axiomas[2], tal como estruturados pelos matemáticos modernos, é possível deduzir a ciência da geometria em sua totalidade, através do mais estrito raciocínio lógico. Os detalhes desses axiomas não nos dizem respeito no momento. Os pontos e as relações nos são conhecidos conjuntamente em nossa apreensão do espaço, cada qual implicando o outro. Aquilo que se dá no espaço ocupa

---

2. Cf. (por exemplo) *Projective Geometry* de Veblen e Young, vol. i. 1910, vol. ii. 1917, Ginn and Company, Boston, EUA.

espaço. Essa relação de ocupação normalmente não é formulada para eventos, mas para objetos. Dir-se-ia, por exemplo, que a estátua de Pompeu ocupa espaço, mas não o evento que foi o assassinato de Júlio Cesar. Nesse particular, creio que o costume habitual é infeliz e sustento que as relações dos eventos com o espaço e com o tempo são, sob todos os aspectos, análogas. Mas isso é uma intromissão de meus pareceres pessoais, que deverão ser discutidos em conferências futuras. A teoria do espaço absoluto, assim, exige que atentemos a duas relações fundamentais: a relação ordenadora do espaço, que se dá entre pontos, e a relação de ocupação do espaço entre os pontos de objetos espaciais e materiais.

Essa teoria carece dos dois principais sustentáculos da teoria correspondente do tempo absoluto. Em primeiro lugar, o espaço não se estende para além da natureza no sentido em que o tempo aparentemente o faz. Nossos pensamentos não parecem ocupar espaço exatamente da mesma forma essencial como ocupam o tempo. Por exemplo, estive pensando em uma sala e, nessa medida, meus pensamentos estão situados no espaço. Mas afigura-se um contra-senso indagar o volume que ocupavam da sala, quer se tratasse de um metro cúbico ou um centímetro cúbico, ao passo que os mesmos pensamentos ocupam uma determinada duração de tempo, digamos, das onze às doze de uma determinada data.

Assim, enquanto as relações de uma teoria relativista do tempo são necessárias para relacionar pensamentos, não parece tão óbvio que as relações de uma teoria relativista do espaço sejam necessárias para relacioná-los. A ligação entre pensamento e espaço parece imbuída de um certo caráter de indiretividade aparentemente ausente na ligação entre pensamento e tempo.

Também o caráter irrevogável do tempo parece não ter nenhum paralelo com o espaço. Na teoria relativista, o espaço é o produto de determinadas relações entre objetos que normalmente se diz situados no espaço; e sempre que existirem os objetos, assim relacionados, existirá o espaço. Nenhuma dificuldade parece surgir como aquela dos inconvenientes instantes do tempo que poderiam, hipoteticamente, tornar a se apresentar quando imaginávamos estar livres deles.

A teoria absoluta do espaço não desfruta agora de ampla popularidade. O conhecimento do espaço puro e simples, como um sistema de entidades por nós conhecido em si e por si, independentemente de nosso conhecimento dos eventos da natureza, não parece corresponder a coisa alguma de nossa experiência. O espaço, a exemplo do tempo, pareceria ser uma abstração com base em eventos. Segundo minha teoria pessoal, ele apenas se diferencia do tempo em um estágio algo desenvolvido do processo abstrativo. O modo mais usual de expressar a teoria relacional do espaço seria considerar o espaço como uma abstração a partir das relações entre os objetos materiais.

Imaginemos agora que admitimos um tempo e um espaço absolutos. Qual o significado desse pressuposto no conceito de uma natureza bifurcada em natureza causal e natureza aparente? Sem dúvida, a separação entre as duas naturezas encontra-se agora largamente atenuada. Podemos provê-las de dois sistemas de relações em comum, pois é admissível presumir que ambas as naturezas ocupem o mesmo espaço e o mesmo tempo. A teoria agora é a seguinte: os eventos causais ocupam determinados períodos do tempo absoluto e determinadas posições do espaço absoluto. Tais eventos influenciam a mente que, em conseqüência, percebe determinados eventos aparentes que ocupam determinados períodos no tempo absoluto e determinadas posições do espaço absoluto; e os períodos e as posições ocupadas pelos eventos aparentes guardam uma relação determinada com os períodos e as posições ocupadas pelos eventos causais.

De resto, os eventos causais definidos produzem para a mente eventos aparentes definidos. As ilusões são eventos aparentes surgidos em períodos temporais e posições espaciais sem a intervenção desses eventos causais que são próprios para influenciar a mente no sentido de sua percepção.

A teoria é perfeitamente lógica em sua totalidade. Nas discussões presentes, não podemos esperar levar uma teoria infundada a uma contradição lógica. Um argumentador, à parte meros resvalos, apenas se envolve em uma contradição quando em busca de uma *reductio ad absurdum*. O motivo substancial para a rejeição de uma teoria filosófica é o "absurdum" ao qual a mesma nos reduz. No caso da filosofia da ciência natural, o único "absurdum" possível é o de nosso conhecimento perceptivo não possuir o caráter a ele atribuído pela teoria. Se nosso oponente afirma que seu conhecimento possui tal caráter, resta-nos tão-somente — uma vez assegurado de maneira inequívoca que nos compreendemos mutuamente — concordar ou divergir. Nesse sentido, a tarefa primordial de um comentador ao enunciar uma teoria da qual desacredita é apresentá-la como lógica. Não é ali que reside o seu problema.

Permitam-me sintetizar as objeções anteriormente formuladas a essa teoria da natureza. Em primeiro lugar, ela busca elucidar a causa do conhecimento da coisa conhecida em vez de buscar elucidar o caráter da coisa conhecida; em segundo lugar, ela admite um conhecimento do tempo em si, à parte dos eventos relacionados no tempo; em terceiro, admite um conhecimento do espaço em si, separado dos eventos relacionados no espaço. Somam-se a essas objeções outras falhas na teoria.

Podemos lançar alguma luz sobre a condição artificial da natureza causal nessa teoria indagando por que pressupor que a natureza causal ocupe tempo e espaço. Isso traz à tona a questão fundamental de sabermos quais características deve ter a natureza causal em comum com a natureza aparente. Por que — nessa teoria — deveria a causa, que influencia a mente à percepção, ter alguma característica em comum com a natureza aparente efluente? Por que haveria, em particular, de estar situada no espaço? Por que haveria de estar situada no tempo? E, num sentido mais genérico, que conhecimento detemos acerca da mente que nos autorize a inferir quaisquer características particulares de uma causa que deveria influenciar a mente no sentido de efeitos particulares?

A transcendência do tempo para além da natureza oferece uma tênue razão para se presumir que a natureza causal deva ocupar tempo. Pois se a mente ocupa períodos de tempo, pareceria haver algum motivo vago para se presumir que as causas influentes ocupam os mesmos períodos de tempo ou, no mínimo, períodos estreitamente relacionados aos períodos mentais. Mas se a mente não ocupa volumes de espaço, parece não haver motivo para que a natureza causal deva ocupar algum volume do espaço. Assim, o espaço se afiguraria uma mera aparência, no mesmo sentido em que a natureza aparente é mera aparência. Conseqüentemente, se a ciência está de fato investigando as causas atuantes na mente, pareceria inteiramente descabido presumir que as causas que busca tenham relações espaciais. De resto, nada mais existe, em nosso conhecimento, análogo a essas causas que influenciam a mente à percepção. Assim, não existe, além do fato irrefletidamente presumido de que ocupam tempo, realmente base alguma que nos permita determinar qualquer ponto de seu caráter. Elas devem permanecer eternamente desconhecidas.

Admitirei agora como um axioma que a ciência não é um conto de fadas. Não se dedica a investigar entidades incognoscíveis de propriedades arbitrárias e fantásticas. De que se ocupa então a ciência, admitindo que esteja empreendendo algo de importante? Minha resposta é a de que a ciência está determinando o caráter de coisas conhecidas, vale dizer, o caráter da natureza aparente. Mas podemos eliminar o termo "aparente", porquanto existe apenas uma natureza, a saber, a natureza colocada diante de nós no conhecimento perceptivo. Os caracteres que a ciência distingue na natureza são caracteres sutis, não óbvios à primeira vista. São relações de relações e caracteres de caracteres. Contudo, em que pese toda sua sutileza, trazem a marca de uma certa simplicidade, o que torna sua consideração essencial para desembaraçar as complexas relações entre caracteres de uma insistência mais perceptiva.

O fato de a bifurcação da natureza em componentes causais e aparentes não expressar o que consideramos ser nosso conhecimento é colocado diante de nós quando atentamos para nossos pensamentos em qualquer discussão sobre as causas de nossas percepções. Por exemplo, o fogo arde e percebemos um carvão avermelhado. A ciência explica isso como a energia radiante do carvão a penetrar-nos os olhos. Mas, ao buscar tal explicação, não estamos indagando qual a sorte de ocorrências propícias para levar a mente a perceber o vermelho. A cadeia causal é inteiramente diversa. A mente é deixada totalmente à parte. A verdadeira questão é: quando o vermelho é encontrado na natureza, que outra coisa também se encontra ali? Em suma, estamos esperando uma análise dos acompanhamentos, na natureza, à descoberta do vermelho na natureza. Em uma conferência posterior deverei estender essa linha de pensamento. Chamo apenas atenção a ela aqui no propósito de assinalar que a teoria ondulatória da luz não foi adotada porque as ondas são exatamente o tipo de coisas que deveriam levar a mente a perceber as cores. Isso não pertence ao testemunho jamais aduzido em favor da teoria ondulatória, embora, na teoria causal da percepção, seja realmente a única parte relevante. Em outras palavras, a ciência não está discutindo as causas do conhecimento, mas a coerência do conhecimento. O entendimento perseguido pela ciência é um entendimento das relações internas à natureza.

Até este ponto, discuti a bifurcação da natureza no contexto das teorias do tempo absoluto e do espaço absoluto. Minha razão para tal foi que a introdução das teorias relacionais somente enfraquece a defesa da bifurcação, e pretendi discutir essa defesa em seus fundamentos mais sólidos.

Suponhamos, por exemplo, que se adote a teoria relacional do espaço. Nesse caso, o espaço em que a natureza aparente está alojada é a expressão de determinadas relações entre os objetos aparentes. É um conjunto de relações aparentes entre termos relacionais aparentes. A natureza aparente é o sonho, as relações aparentes do espaço são relações oníricas, o espaço é um espaço onírico. De modo semelhante, o espaço em que a natureza causal está alojada é a expressão de determinadas relações entre os objetos causais. É a expressão de determinados fatos envolvendo a atividade causal que transcorre nos bastidores. Nesse sentido, o espaço causal pertence a uma ordem diferente de realidade daquela do espaço aparente. Por conseguinte, não existe nenhuma ligação inequívoca entre ambos e é despropositado afirmar-se que as moléculas da relva se encontram em um lugar qualquer que guarde uma relação espacial definitiva com o lugar ocupado pela relva que percebemos. Tal conclusão é sobremodo paradoxal e reduz a um contra-senso toda a fraseologia científica. O caso torna-se ainda mais grave se admitimos a relatividade do tempo. Isso porque os mesmos argumentos se aplicam e desmembram o tempo em um tempo onírico e um tempo causal, pertencentes a diferentes ordens de realidade.

Estou discutindo, porém, uma forma extremada da teoria da bifurcação. Trata-se, creio, de sua forma mais defensável. Contudo, seu próprio caráter explícito torna-a tanto mais evidentemente permeável à crítica. A forma intermediária permite que a natureza em discussão seja sempre a natureza diretamente conhecida e, nessa medida, ela rejeita a teoria da bifurcação. Sustenta, porém, a existência de acréscimos psíquicos à natureza tal como conhecida e que tais acréscimos não constituem, em nenhum sentido pertinente, partes da natureza. Percebemos, por exemplo, a bola vermelha de bilhar em seu tempo particular, em seu lugar particular, com seu movimento particular, sua rigidez particular e sua inércia particular. Mas sua vermelhidão e seu calor, bem como o estalido ao colidir com outra bola, constituem acréscimos psíquicos, vale dizer, qualidades secundárias que são apenas o modo pelo qual a mente percebe a natureza. Essa não é apenas a teoria vagamente predominante, mas antes, penso eu, a forma histórica da teoria da bifurcação na medida em que esta é derivada da filosofia. Passarei a chamá-la teoria dos acréscimos psíquicos.

Essa teoria dos acréscimos psíquicos é uma bem fundamentada teoria baseada no bom senso, que enfatiza enormemente a flagrante realidade do tempo, do espaço, da solidez e da inércia, mas que não dá crédito aos acréscimos artísticos menores da cor, da calidez e do som.

A teoria é produto do bom senso em retirada. Seu aparecimento deu-se numa época em que eram elaboradas as teorias científicas da propagação. A cor, por exemplo, resulta de uma propagação originada no objeto material e dirigida ao olho daquele que percebe; e o que se propaga, assim, não é a cor. Logo, a cor não pertence à realidade do objeto material. Da mesma forma, e pela mesma razão, os sons evaporam-se da natureza. Também o calor se deve à transferência de algo diverso da temperatura. Restam-nos, assim, posições espaço-temporais e algo que posso qualificar de "impulsividade" do corpo. O que nos remete ao materialismo dos séculos XVIII e XIX, ou seja, à crença de que a realidade da natureza é a matéria no tempo e no espaço, e dotada de inércia.

Evidentemente, foi pressuposta uma distinção em qualidade a separar, de outras percepções, algumas percepções oriundas do tato. Essas percepções oriundas do tato são percepções da legítima inércia, enquanto as demais constituem acréscimos psíquicos a serem explicados pela teoria causal. Tal distinção é produto de uma época na qual a ciência física tomou a dianteira da patologia médica e da fisiologia. As percepções de impulso são tanto o resultado da propagação como as percepções de cor. Quando a cor é percebida, os nervos do organismo são estimulados em determinado sentido e transmitem sua mensagem para o cérebro, e quando se percebe um impulso outros nervos do organismo são estimulados em um sentido diverso e transmitem sua mensagem para o cérebro. A mensagem da primeira situação não é a transmissão da cor, e a mensagem da segunda não é a transmissão do impulso. Mas, no primeiro caso temos a percepção da cor e, no segundo, do impulso devido ao objeto. Se fizermos um corte em determinados nervos, a percepção da cor deixará de existir, se cortarmos outros nervos, a percepção do impulso deixará de existir. Quer nos parecer, portanto, que quaisquer razões que determinassem por eliminar a cor da realidade da natureza haveriam de determinar também a eliminação da inércia.

Assim, a perseguida bifurcação da natureza aparente em duas partes, das quais uma é causal tanto para sua própria aparência como para a aparência da outra parte, que é pura aparência, cai por terra devido à impossibilidade de se estabelecer qualquer distinção fundamental entre nossos meios de conhecer acerca das duas partes da natureza assim compartimentada. Não nego que a sensação de esforço muscular tenha, historicamente, conduzido ao conceito de força. Esse fato histórico, no entanto, não nos autoriza a atribuir uma realidade superior na natureza à inércia material, acima da cor ou do som. No que diz respeito à realidade, todas as nossas percepções sensoriais estão no mesmo barco e devem ser tratadas segundo o mesmo princípio. Eqüidade de tratamento é exatamente o que essa teoria transigente deixa de atingir.

A teoria da bifurcação, todavia, não se extingue com facilidade. A razão é que existe efetivamente uma dificuldade a ser enfrentada, no sentido de se estabelecer, no âmbito de um mesmo sistema de entidades, a relação entre a vermelhidão do fogo e a agitação das moléculas. Apresentarei, em outra conferência, minha explicação pessoal da origem dessa dificuldade e de sua solução.

Outra solução favorita, a forma mais abrandada assumida pela teoria da bifurcação, é sustentar que as moléculas e o éter da ciência são puramente conceituais. Existe, portanto, uma única natureza, a saber, a natureza aparente, sendo os átomos e o éter meras designações de termos lógicos empregados nas fórmulas conceituais de cálculo.

Mas o que é uma fórmula de cálculo? Supostamente é um enunciado em que determinada coisa qualquer é verdadeira com respeito às ocorrências naturais. Tomemos a mais elementar de todas as fórmulas: dois e dois somam quatro. Tal fórmula — até onde se aplica à natureza — assevera que se tomarmos duas entidades naturais e em seguida duas outras entidades naturais, o conjunto formado conterá quatro unidades naturais. Tais fórmulas, válidas para quaisquer entidades, não podem resultar na criação dos conceitos dos átomos. Por outro lado, existem fórmulas que asseveram a existência, na natureza, de entidades com tais e tais propriedades especiais, digamos, por exemplo, com as propriedades dos átomos de hidrogênio. Ora, se tais entidades não existem, não consigo perceber de que modo quaisquer enunciados a seu respeito podem aplicar-se à natureza. A asserção, por exemplo, da existência de queijo verde na Lua não pode ser premissa de nenhuma dedução de relevância científica, a menos, efetivamente, que a presença de queijo verde na Lua haja sido comprovada através de experimento. A resposta corrente a essas objeções é que, embora os átomos sejam meramente conceituais, constituem, ainda assim, uma forma interessante e viva de dizer algo diverso, porém verdadeiro, acerca da natureza. Mas se é algo diverso que você tem em mente, pelo amor de Deus, diga-o com clareza. Livre-se desse intrincado mecanismo de uma natureza conceitual que consiste em asserções acerca de coisas inexistentes com o propósito de transmitir verdades acerca de coisas que realmente existem. Defendo a posição óbvia de que as leis científicas, se verdadeiras, são enunciados sobre entidades das quais adquirimos conhecimento por estarem na natureza, e que se as entidades às quais se referem os enunciados não forem encontradas na natureza, os enunciados a seu respeito não têm relevância para ocorrência alguma puramente natural. Portanto, as moléculas e elétrons da teoria científica são, ambos — até onde a ciência formulou corretamente suas leis —, fatores a serem encontrados na natureza. Os elétrons são apenas hipotéticos, na medida em que não temos certeza absoluta da veracidade da teoria do elétron. Mas, o caráter hipotético dos elétrons não nasce da natureza essencial da teoria em si mesma tão logo sua verdade tenha sido afiançada.

Assim, ao término dessa discussão um tanto complexa, retornamos à posição que afirmamos no início. A tarefa primordial de uma filosofia da ciência natural é elucidar o conceito de natureza, considerada um único fato complexo para o conhecimento; expor as entidades fundamentais e as relações fundamentais entre entidades em cujos termos todas as leis da natureza devem ser estabelecidas, e afiançar que as entidades e relações assim expostas são adequadas à expressão de todas as relações entre entidades que têm lugar na natureza.

O terceiro requisito, isto é, o da adequação, é o que gera toda a dificuldade. Tempo, espaço, matéria, qualidades da matéria e relações entre objetos materiais são normalmente admitidos como os dados fundamentais da ciência. Da forma como aparecem nas leis científicas, porém, os dados não relacionam o conjunto das entidades que se apresentam em nossa percepção da natureza. Por exemplo, a teoria ondulatória da luz é uma teoria primorosa e bem estabelecida; infelizmente, porém, ela exclui a cor tal como esta é percebida. Assim, o vermelho percebido — ou outra cor — deve ser recortado da natureza e convertido na reação da mente sob o impulso dos verdadeiros eventos da natureza. Em outras palavras, esse conceito das relações fundamentais no âmbito da natureza é inadequado. Cumpre-nos, portanto, voltar nossas energias para o enunciado de conceitos adequados.

Ao fazê-lo, porém, não estaremos na verdade buscando solucionar um problema metafísico? Não creio. Estaremos apenas procurando expor o tipo de relações existentes entre as entidades que de fato percebemos como presentes na natureza. Não somos chamados a fazer nenhum pronunciamento sobre a relação psicológica entre sujeitos e objetos ou sobre a posição ocupada por cada um no domínio da realidade. É verdade que o resultado de nosso esforço pode fornecer material de importância enquanto testemunho relevante para uma discussão dessa questão. Dificilmente isso deixará de acontecer. Trata-se, porém, de simples testemunho e não constitui em si uma discussão metafísica. Para deixar claro o caráter dessa discussão adicional que está fora de nosso alcance, apresentarei a vocês duas citações. A primeira, de Schelling, é extraída da obra do filósofo russo Lossky, recentemente traduzida com tanto primor para o inglês[3] — ''Considerei, na 'Filosofia da Natureza', o sujeito-objeto denominado natureza em sua atividade de autoconstrução. Para compreender isso, devemo-nos alçar a uma intuição intelectual da natureza. O empirista não se alça a essa altura e, por essa razão, em todas as suas explicações é sempre *ele próprio* que se revela a construir a natureza. Não admira, pois, que sua construção e aquilo que deveria ser construído tão raramente coincidam. Um *Natur-philosoph* alça a natureza à condição de independência, faz com que construa a si própria e jamais é acometido, portanto, pela necessidade

---

3. *The Intuitive Basis of Knowledge*, de N. O. Lossky, trad. da sra. Duddington, Macmillan and Co., 1919.

de contrapor a natureza tal como construída (*i.e.*, como experiência) à natureza real, ou de corrigir a primeira por intermédio da segunda."

A outra citação é de um ensaio lido pelo deão de St. Paul para a Sociedade Aristotélica em maio de 1919. O ensaio do dr. Inge intitula-se "Platonismo e Imortalidade Humana", e nele aparece a seguinte afirmação: "Resumindo, a doutrina platônica da imortalidade apóia-se na *independência* do mundo espiritual. O mundo espiritual não é um mundo de ideais não realizados, acima de, e em contraposição a, um mundo real de fatos não-espirituais. Trata-se, pelo contrário, do mundo real, do qual possuímos um conhecimento verdadeiro, embora bastante incompleto, acima de, e em contraposição a, um mundo da experiência ordinária, o qual, como um todo completo, é desprovido de realidade, uma vez que compactado a partir de uma miscelânea de dados, nem todos situados no mesmo nível, com a ajuda da imaginação. Não existe mundo algum que corresponda ao mundo de nossa experiência ordinária. A natureza forja-nos abstrações, decidindo qual espectro de vibrações deveremos enxergar e ouvir e que coisas deveremos perceber e recordar."

Citei essas afirmações porque ambas lidam com tópicos que, embora extrínsecos ao âmbito de nossa discussão, são sempre confundidos com ela. A razão é que estão próximos a nosso campo do pensamento e são tópicos de enorme interesse para a mente metafísica. É difícil a um filósofo se dar conta de que alguém esteja realmente confinando sua discussão nos limites que expus a vocês. O limite se ergue exatamente ali onde ele começa a ganhar entusiasmo. Afirmo-lhes, porém, que entre os prolegômenos necessários à filosofia e à ciência natural está um entendimento integral dos tipos de entidades, e dos tipos de relações entre tais entidades, a nós revelados em nossas percepções da natureza.

CAPÍTULO III

O TEMPO

As duas conferências anteriores deste ciclo tiveram um caráter preponderantemente crítico. Nesta conferência, proponho-me a entabular uma investigação dos tipos de entidades apresentadas ao conhecimento na apreensão sensível. Meu propósito é investigar as modalidades de relações que essas entidades de diferentes tipos podem guardar entre si. Uma classificação das entidades naturais é o prelúdio da filosofia natural. Começaremos hoje com a consideração do Tempo.

Em primeiro lugar, é-nos apresentado um fato geral, a saber, que algo está se passando; há uma ocorrência a ser definida.

Esse fato geral de pronto oferece à nossa apreensão dois fatores, aos quais denominarei o "discernido" e o "discernível". O discernido compreende aqueles elementos do fato geral discriminados com suas próprias peculiaridades individuais. É o campo percebido diretamente. Contudo, as entidades desse campo guardam relações com outras entidades não particularmente discriminadas dessa forma individual. Essas outras entidades são conhecidas meramente como os termos relacionados às entidades do campo discernido. Tal entidade é um mero "algo", dotado de tais e tais relações definidas com alguma entidade ou entidades definidas no campo discernido. Uma vez assim relacionadas, elas são — graças ao caráter particular dessas relações — conhecidas como elementos do fato geral em curso. Contudo, não temos consciência delas senão como entidades cumprindo as funções de termos dessas relações.

Assim, o fato geral completo, apresentado durante sua ocorrência, compreende ambos os conjuntos de entidades, a saber, as entidades percebidas em sua própria individualidade e outras entidades apreendidas meramente como termos relacionais sem outras definições. Esse fato geral completo é o discernível e compreende o discerndo. O discernido é a natureza no seu todo tal como revelada naquela apreensão sensível; e estende-se para além da natureza e a compreende no seu todo, tal como efetivamente discriminada ou discernida em tal apreensão sensível. O discernimento ou discriminação da natureza é uma apreensão peculiar de fatores especiais da natureza com respeito a seus caracteres peculiares. Mas os fatores da natureza dos quais possuímos essa peculiar apreensão sensível são conhecidos como não abrangendo todos os fatores que, no conjunto, formam o todo complexo de entidades relacionadas compreendidas no fato geral ali apresentado para o discernimento. É a essa peculiaridade do conhecimento que denomino seu caráter inexaurível, caráter que pode ser descrito metaforicamente pela afirmação de que a natureza tal como percebida contém sempre uma borda desigual. Por exemplo, existe um mundo para além da sala à qual nossa visão está confinada e que sabemos completar as relações espaciais das entidades percebidas no interior da sala. A junção do mundo interior da sala com o mundo exterior existente além dela jamais é bem definida. Os sons e os fatores mais sutis revelados na apreensão sensível afluem a partir do externo. Cada tipo de sentido conta com seu próprio corpo de entidades discriminadas, conhecidas enquanto termos relacionados a entidades não discriminadas por tal sentido. Enxergamos algo que não tocamos e tocamos algo que não enxergamos, e possuímos um sentido geral das relações espaciais entre a entidade revelada na visão e a entidade revelada no tato. Em primeiro lugar, portanto, cada qual dessas duas entidades é conhecida como um termo relacional em um sistema geral de relações espaciais e, em segundo lugar, é determinada a relação mútua particular dessas duas entidades enquanto mutuamente relacionadas nesse sistema geral. Mas o sistema geral de relações espaciais que relaciona a entidade discriminada pela visão àquela discriminada pelo tato não depende do caráter peculiar da outra entidade tal como registrado pelo sentido alternativo. Por exemplo, as relações espaciais da coisa vista teriam necessitado de uma entidade, enquanto termo relacional, no lugar da coisa tocada, ainda que certos elementos de seu caráter não houvessem sido revelados pelo tato. Assim, à parte o tato, uma entidade dotada de determinada relação específica com a coisa vista teria sido revelada na apreensão sensível, mas não discriminada sob outros aspectos com respeito a seu caráter individual. É a uma entidade conhecida apenas enquanto espacialmente relacionada a alguma entidade discernida que designamos pela idéia pura e simples de "lugar". O conceito de lugar marca a revelação, na apreensão sensível, de entidades da natureza conhecidas meramente por suas relações espaciais com entidades discernidas. É a revelação do discernível através de suas relações com o discernido.

Essa revelação de uma entidade como termo relacional sem discriminações específicas outras quanto à qualidade é o fundamento de nosso conceito de significado. No exemplo acima a coisa vista era significativa, no sentido de que revelava sua relação espacial com outras entidades não necessariamente penetrando de outro modo a consciência. Portanto, significado é relação, mas relação com a ênfase em uma extremidade apenas da relação.

A bem da simplicidade, restringi meu raciocínio às relações espaciais; as mesmas considerações, porém, se aplicam às relações temporais. O conceito de "período de tempo" marca a revelação, na apreensão sensível, de entidades da natureza conhecidas unicamente através de suas relações temporais com entidades discernidas. Mais ainda, essa separação das idéias de espaço e tempo foi adotada meramente em nome de uma simplicidade de exposição, obtida através da conformidade com a linguagem corrente. Aquilo que discernimos é o caráter específico de um lugar através de um período de tempo. É isso que entendo por um "evento". Discernimos alguns caracteres específicos de um evento. Mas, ao discernir um evento, também estamos cônscios de seu significado enquanto termo relacional na estrutura de eventos. Essa estrutura de eventos é o complexo de eventos tais como relacionados pelas relações de extensão e cogrediência. A expressão mais simples das propriedades dessa estrutura pode ser encontrada em nossas relações espaciais e temporais. Um evento discernido é conhecido enquanto relacionado, nessa estrutura, a outros eventos cujos caracteres específicos não são revelados sob outros aspectos naquela apreensão imediata, exceto na medida em que são termos relacionais compreendidos na estrutura.

A revelação da estrutura de eventos na apreensão sensível estabelece uma classificação dos mesmos em duas categorias: eventos discernidos com respeito a algum caráter individual adicional e aqueles que tão-somente são revelados na qualidade de elementos da estrutura. Esses eventos denotados devem necessariamente incluir eventos do passado remoto, bem como eventos pertencentes ao futuro. Tais eventos nos são apreendidos como os períodos longínquos do tempo ilimitado. Existe, porém, outra classificação de eventos, também inerente à apreensão sensível. Refere-se ela aos eventos que partilham do imediatismo dos eventos discernidos imediatamente presentes. São eventos cujos caracteres, somados àqueles dos eventos discernidos, compreendem a natureza total presente para o discernimento. Formam o fato geral completo que é a natureza por inteiro ora presente, tal como revelada nessa apreensão sensível. É nessa segunda classificação de eventos que a diferenciação entre espaço e tempo tem sua origem. O germe do espaço pode ser encontrado nas mútuas relações dos eventos compreendidos no fato geral imediato que é a natureza total ora discernível, ou seja, compreendidos no evento singular que é a totalidade da natureza presente. As relações de outros eventos com essa totalidade da natureza formam o tecido do tempo.

A unidade desse fato geral presente está expressa no conceito de simultaneidade. O fato geral é a total ocorrência simultânea da natureza ora presente para a apreensão sensível. É a esse fato geral que denominei o discernível. No futuro, porém, o chamarei de uma "duração", referindo-me, por esse termo, a uma certa totalidade de natureza limitada tão-somente pela propriedade de constituir uma simultaneidade. Outrossim, em obediência ao princípio de delimitar à natureza o termo completo da apreensão sensível, não se deve conceber a simultaneidade como um conceito mental irrelevante imposto à natureza. Nossa apreensão sensível apresenta, para um discernimento imediato, uma certa totalidade, aqui denominada uma "duração"; portanto, uma duração é uma entidade natural definida. Uma duração é discriminada como um complexo de eventos parciais, donde se afirma que as entidades naturais que compõem esse complexo são "simultâneas a essa duração". São, ainda, em um sentido derivativo, simultâneas entre si com respeito a essa duração. A simultaneidade, portanto, é uma relação natural definida. Talvez o termo "duração" seja impróprio, na medida em que apenas sugere uma extensão abstrata de tempo. Não é isso o que entendo por duração. Uma duração é uma fatia concreta da natureza limitada pela simultaneidade, fator essencial revelado na apreensão sensível.

A natureza é um processo. A exemplo de tudo quanto é diretamente demonstrado na apreensão sensível, não há explicação possível para essa característica da natureza. Tudo o que se pode fazer é empregar uma linguagem capaz de demonstrá-lo especulativamente, bem como expressar a relação que esse fato da natureza guarda com outros fatores.

O fato de cada duração ocorrer e passar constitui uma demonstração do processo da natureza. O processo da natureza também pode ser denominado "a passagem da natureza". Evito deliberadamente, no presente estágio, o emprego da palavra "tempo", porquanto o tempo mensurável, da ciência e da vida civilizada, em geral demonstra apenas alguns aspectos do fato mais fundamental da passagem da natureza. Acredito estar de pleno acordo, nessa doutrina, com Bergson, embora ele empregue o termo "tempo" para se referir ao fato fundamental que denomino a "passagem da natureza". A passagem da natureza, ainda, é igualmente demonstrada pela transição espacial e pela transição temporal. É em virtude dessa passagem que a natureza está sempre em movimento. O significado dessa propriedade de "movimento" envolve o fato de que não apenas qualquer ato de consciência sensorial é tão-somente aquele ato e nenhum outro, como o termo de cada ato é também único e não constitui o termo de nenhum outro ato. A apreensão sensível agarra sua única chance e apresenta para o conhecimento algo exclusivamente destinado a ele.

O termo da apreensão sensível é único em dois sentidos. É único para a apreensão sensível de uma mente individual e único para a apreensão sensível de todas as mentes que atuam sob condições naturais. Há uma importante distinção entre os dois casos. (i) Para uma mente individual, não apenas o componente discernido do fato geral é demonstrado em qualquer ato de apreensão sensível distinto do componente discernido do fato geral demonstrado em qualquer outro ato de apreensão sensível daquela mente, como as duas durações correspondentes, respectivamente relacionadas pela simultaneidade aos dois componentes discernidos, são necessariamente distintas. Essa é uma demonstração da passagem temporal da natureza: uma duração passou para outra. Portanto, não apenas é a passagem da natureza um caráter essencial da natureza em sua *função* de termo da apreensão sensível, mas é também essencial para a apreensão sensível em si mesma. É essa verdade que confere ao tempo a impressão de estender-se para além da natureza. Mas o que para a mente se estende para além da natureza não é o tempo seqüencial e mensurável, que apenas demonstra o caráter de passagem da natureza, mas a qualidade da própria passagem, que de modo algum é mensurável, exceto na proporção em que prevalece na natureza. Em outras palavras, a "passagem" não é mensurável, a não ser na medida em que ocorre na natureza conjuntamente com a extensão. Na passagem, alcançamos uma conexão da natureza com a realidade metafísica última. A qualidade da passagem em durações é uma demonstração particular, na natureza, de uma qualidade que se estende para além da natureza. A passagem, por exemplo, é uma qualidade não apenas da natureza, que é a coisa conhecida, mas também da apreensão sensível, que é o processo cognitivo. As durações têm toda a realidade que a natureza possui, embora não precisemos determinar agora o que isso possa ser. A mensurabilidade do tempo é derivativa das propriedades das durações. Assim também o caráter seqüencial do tempo. Verificaremos que existem na natureza sistemas temporais seqüenciais divergentes, derivados de diferentes famílias de durações. São uma peculiaridade do caráter da passagem tal como encontrada na natureza. Esse caráter tem a realidade da natureza, mas não devemos necessariamente transferir o tempo natural para entidades extranaturais. (ii) Para duas mentes, os componentes discernidos dos fatos gerais demonstrados em seus respectivos atos de apreensão sensível devem ser diferentes. Pois que cada mente, em sua apreensão da natureza, apreende um determinado complexo de entidades naturais relacionadas, em suas relações com o organismo vivo enquanto um foco. As durações associadas, porém, podem ser idênticas. Aqui, já estamos abordando aquele caráter da natureza passante originado nas relações espaciais dos corpos simultâneos. Essa possível identidade das durações no caso da apreensão sensível de mentes distintas é o que enfeixa em uma única natureza as experiências particulares dos seres dotados de percepção. Estamos considerando aqui o lado espacial da passagem da natureza. Para a mente, a passagem, nesse aspecto, também parece estender-se para além da natureza.

É importante distinguir simultaneidade de instantaneidade. Minha ênfase não recai sobre o mero uso corrente de ambos os termos. Existem dois conceitos que pretendo distinguir, aos quais denomino simultaneidade e instantaneidade. Espero que as palavras tenham sido criteriosamente escolhidas; mas na verdade pouco importa, conquanto eu consiga explicar o que pretendo designar. Simultaneidade é a propriedade de um grupo de elementos naturais que em algum sentido são componentes de uma duração. Uma duração pode ser tanto a natureza como um todo presente quanto o fato imediato apresentado pela apreensão sensível. Uma duração retém em si a passagem da natureza. Dentro dela encontram-se antecedentes e conseqüentes que também são durações que podem ser completos presentes especiosos de consciências mais velozes. Isto é, uma duração retém uma densidade temporal. Qualquer conceito da natureza como um todo imediatamente conhecida é sempre o conceito de alguma duração, embora esta possa ser alargada em sua densidade temporal para além do possível presente especioso de qualquer ente por nós conhecido como existente na natureza. A simultaneidade, portanto, é um fator último da natureza, imediato para a apreensão sensível.

A instantaneidade é um conceito lógico complexo de um processo de pensamento por meio do qual se produzem entidades lógicas em nome da simples expressão, no pensamento, de propriedades da natureza. A instantaneidade é o conceito da natureza como um todo em um instante, onde um instante é concebido como privado de qualquer extensão temporal. Por exemplo, pensamos sobre a distribuição da matéria no espaço em um instante. Trata-se de um conceito altamente providencial na ciência, especialmente na matemática aplicada; mas é uma idéia altamente complexa no que diz respeito a suas relações com os fatos imediatos da apreensão sensível. A natureza em um instante apresentada pela apreensão sensível é algo inexistente; o que a apreensão sensível franqueia para o conhecimento é a natureza ao longo de um período. Conseqüentemente, uma vez que não é em si mesma uma entidade natural, a natureza em um instante deve ser definida em termos de entidades naturais genuínas. A menos que assim procedamos, nossa ciência, que adota o conceito de natureza instantânea, deve abandonar toda e qualquer alegação de estar fundamentada na observação.

Usarei o termo "momento" para me referir à "natureza como um todo em um instante". Um momento, na acepção em que o termo é aqui empregado, é desprovido de qualquer extensão temporal e deve ser contrastado com uma duração provida de tal extensão. O que é diretamente oferecido ao nosso conhecimento através da apreensão sensível é uma duração. Assim sendo, cumpre-nos explicar agora como os momentos são derivados das durações, bem como o propósito a que serve a introdução dos mesmos.

Um momento é um limite do qual nos aproximamos à medida que confinamos a atenção a durações de extensão mínima. As relações naturais entre os ingredientes de uma duração ganham em complexidade quando consideramos durações de extensão temporal crescente. Por conseguinte, existe uma aproximação à simplicidade ideal à medida que nos aproximamos de uma diminuição ideal de extensão.

A palavra "limite" tem um significado preciso na lógica numérica e mesmo na lógica das séries unidimensionais a-numéricas. Do modo empregado aqui, trata-se, até agora, de simples metáfora, e é necessário explicar diretamente o conceito que se pretende o termo indique.

As durações podem apresentar a propriedade relacional binária de se estenderem uma sobre a outra. Assim, a duração que é a natureza como um todo em determinado minuto se estende sobre a duração que é a natureza como um todo durante o 30º segundo daquele minuto. Essa relação de "estender-se sobre" — "extensão", como a chamarei — é uma relação natural básica, cujo campo compreende mais que durações. É uma relação que dois eventos limitados podem guardar entre si. Além disso, enquanto verificada entre durações, a relação parece referir-se à extensão puramente temporal. Sustentarei, no entanto, que a mesma relação de extensão jaz na base tanto da extensão temporal quanto da espacial. Tal discussão pode ser adiada; nosso interesse, por ora, reside simplesmente na relação de extensão tal como ocorre em seu aspecto temporal no que toca ao limitado campo das durações.

O conceito de extensão demonstra no pensamento uma face da passagem última da natureza. Essa relação se verifica em razão do caráter especial assumido pela passagem na natureza; é a relação que, no caso das durações, expressa as propriedades de "sobrepassar". Assim, a duração, que era um minuto definido sobrepassou a duração que era seu 30º segundo. A duração do 30º segundo era parte da duração do minuto. Adotarei os termos "todo" e "parte" exclusivamente neste sentido, sendo a "parte" um evento sobre-estendido pelo outro evento que é o "todo". Em minha nomenclatura, portanto, "todo" e "parte" referem-se exclusivamente a essa relação fundamental de extensão; e nessa acepção técnica, conseqüentemente, só os eventos podem constituir quer todos quer partes.

A continuidade da natureza origina-se da extensão. Cada evento estende-se por sobre outros eventos e por sobre cada evento estendem-se outros eventos. Portanto, no caso especial de durações, por ora os únicos eventos diretamente considerados, cada duração é parte de outras durações; e cada duração contém outras durações que são partes dela. Nesse sentido, não existem durações máximas ou durações mínimas. Não há, portanto, uma estrutura atômica das durações, e a definição perfeita de uma duração, de modo a assinalar sua individualidade e distingui-la das durações quase análogas sobre as quais está passando, ou que passam sobre ela, é um postulado arbitrário do pensamento. A apreensão sensível apresenta as durações como fatores da natureza, mas não autoriza claramente o pensamento a utilizá-la para distinguir as individualidades separadas das entidades de um grupo afim de durações ligeiramente divergentes. Este é um exemplo da indeterminabilidade da apreensão sensível. A exatidão é um ideal do pensamento e só se realiza na experiência pela seleção de uma rota de aproximação.

A ausência de durações máximas e mínimas não esgota as propriedades da natureza que formam sua continuidade. A passagem da natureza envolve a existência de uma família de durações. Quando duas durações pertencem à mesma família, pode acontecer que uma contenha a outra ou que se sobreponham mutuamente em uma duração subordinada em que nenhuma contenha a outra; ou então que sejam completamente isoladas. O caso excluído é aquele em que as durações sobrepõem-se em eventos finitos, mas sem conter uma terceira duração enquanto parte comum.

É óbvio que a relação de extensão é transitiva. Ou seja, aplicada a durações, temos que: se a duração A é parte da duração B e a duração B é parte da duração C, então A é parte de C. Portanto, os dois primeiros casos podem ser combinados em um único e poderemos dizer que duas durações que pertencem à mesma família *ou* serão tais que haverá durações que são partes de ambas *ou* serão totalmente isoladas.

Também o inverso é verdadeiro, isto é, se duas durações contêm outras durações que são partes de ambas *ou* se as duas direções são completamente isoladas, ambas pertencem à mesma família.

As características adicionais da continuidade da natureza — no que tange às durações — ainda não formuladas, se manifestam no contexto de uma família de durações e podem ser enunciadas da seguinte maneira: existem durações que contêm, como partes integrantes, duas durações quaisquer da mesma família. Por exemplo, uma semana contém, como partes integrantes, dois de seus dias. É evidente que uma duração continente satisfaz as condições necessárias para pertencer à mesma família tanto quanto as duas durações contidas.

Estamos preparados agora para passar à definição de um momento do tempo. Consideremos um conjunto de durações extraídas da mesma família. Admitamos que possua as seguintes propriedades: (i) de dois membros quaisquer do conjunto um contém o outro como parte e (ii) não existe duração alguma que seja parte de todos os membros do conjunto.

Ora, a relação entre todo e parte é assimétrica; quero dizer com isso que se A é parte de B, B não será parte de A. Ademais, também já observamos que a relação é transitiva. Assim sendo, podemos facilmente perceber que as durações de qualquer conjunto dotado das propriedades recém-enumeradas devem ser organizadas em uma ordem serial unidimensional, de modo que à medida que a percorremos em sentido decrescente, alcançamos durações de extensão temporal cada vez menor. A série pode ser iniciada com qualquer duração arbitrariamente admitida de qualquer extensão temporal, porém, à medida que decresce a série, a extensão temporal se contrai progressivamente e as sucessivas durações se vêem encerradas umas nas outras como num jogo de caixas chinês. Contudo, o conjunto difere do jogo no seguinte particular: o jogo tem uma caixa menor que todas, que forma a caixa final de sua série; já o conjunto de durações não tem nenhuma duração menor que todas e tampouco pode convergir em direção a uma duração-limite. Isso porque as partes quer da duração final quer do limite seriam partes de todas as durações do conjunto e, portanto, a segunda condição do conjunto teria sido violada.

Denominarei tal conjunto de durações um ''conjunto abstrativo'' de durações. É evidente que, ao percorrermos um conjunto abstrativo, este converge para o ideal da natureza como um todo sem extensão temporal, isto é, ao ideal da natureza e como um todo em um instante. Esse ideal, porém, na verdade é o ideal de uma não-entidade. A ação efetiva do conjunto abstrativo é conduzir o pensamento à consideração da progressiva simplicidade das relações naturais ao reduzirmos progressivamente a extensão temporal da duração considerada. Ora, a essência do processo se resume em que as expressões quantitativas dessas propriedades naturais convergem efetivamente a limites, embora o conjunto abstrativo não convirja a nenhuma duração limítrofe. As leis que relacionam esses limites quantitativos são as leis da natureza ''em um instante'', embora na verdade não exista uma natureza em um instante, mas apenas o conjunto abstrativo. Portanto, um conjunto abstrativo é a entidade efetivamente designada quando consideramos um instante de tempo sem extensão temporal. Presta-se ele a todas as finalidades necessárias de dar um sentido inequívoco ao conceito das propriedades da natureza em um instante. Concordo plenamente em que tal conceito é fundamental na expressão da ciência física. A dificuldade é expressar nossa acepção em termos dos julgamentos imediatos da apreensão sensível, e sugiro a explicação acima como uma solução cabal do problema.

Nessa explicação, um momento é o conjunto de propriedades naturais alcançado por uma rota de aproximação. Uma série abstrativa é uma rota de aproximação. Existem diferentes rotas de aproximação ao mesmo conjunto limítrofe das propriedades da natureza. Em outras palavras, existem diferentes conjuntos que devem ser considerados rotas de aproximação ao mesmo momento. Por conseguinte, existe um certo volume de detalhes técnicos necessários para se explicar as relações de tais conjuntos abstrativos de mesma convergência e nos precaver de possíveis casos excepcionais. A exposição de tais detalhes não cabe nestas conferências, mas tratei extensamente deles alhures[1].

Convém mais, por motivos técnicos, considerar um momento como a classe de todos os conjuntos abstrativos de durações de mesma convergência. Segundo essa definição (conquanto consigamos explicar satisfatoriamente o que designamos por "mesma convergência", além de um conhecimento detalhado do conjunto de propriedades naturais alcançado via aproximação), um momento é simplesmente uma classe de conjuntos de durações cujas relações mútuas de extensão são dotadas de

---

1. Cf. *An Enquiry concerning the Principles of Natural Knowledge*, Cambridge University Press, 1919.

certas peculiaridades específicas. Podemos chamar a tais relações das durações componentes de propriedades "extrínsecas" de um momento; as propriedades "intrínsecas" do momento são as propriedades da natureza alcançadas enquanto um limite ao percorrermos qualquer um de seus conjuntos abstrativos. Estamos falando das propriedades da natureza "naquele momento" ou "naquele instante".

As durações que integram a composição de um momento pertencem todas a uma mesma família. Portanto, a uma família de durações corresponde uma família de momentos. Além disso, se tomarmos dois momentos da mesma família, entre as durações que entram na composição de um momento as durações menores são completamente isoladas das durações menores que integram a composição do outro momento. Em suas propriedades intrínsecas, assim, os dois momentos devem demonstrar os limites de estados completamente diversos da natureza. Nesse sentido, os dois momentos são completamente isolados. Chamarei "paralelos" a esses dois momentos da mesma família.

Correspondentes a cada duração, existem dois momentos da família associada de momentos que constituem os momentos limítrofes de tal duração. Um "momento limítrofe" de uma duração pode ser definido como se segue: existem durações da mesma família que a duração dada e que, embora a sobreponham, não estão contidas na mesma. Consideremos um conjunto abstrativo de tais durações. Tal conjunto define um momento que está, exatamente em proporções iguais, fora e dentro da duração. Tal momento é um momento limítrofe da duração. Também nos reportamos à nossa apreensão sensível da passagem da natureza para que esta nos informe da existência de dois momentos limítrofes, a saber, o anterior e o posterior. A estes denominaremos os limites inicial e final.

Existem também momentos de mesma família tais que as durações mais breves de sua composição estão completamente isoladas da duração dada. Diremos que tais momentos jazem "exteriormente" à duração dada. Por sua vez, outros momentos da família são tais que as durações mais breves de sua composição são partes da duração dada. Diremos que tais momentos jazem "interiormente" à duração dada ou que "são inerentes" à mesma. Em seu conjunto, a família de momentos paralelos é descrita dessa maneira, em referência a qualquer duração dada da família associada de durações. Ou seja, existem momentos da família situados exteriormente à duração dada, existem os dois momentos que são os momentos limítrofes da duração dada e momentos situados interiormente à duração dada. Outrossim, quaisquer dois momentos da mesma família são os momentos limítrofes de alguma duração individual da família associada de durações.

Torna-se possível, agora, definir a relação serial de ordem temporal entre os momentos de uma família. Sejam, pois, A e C dois momentos quaisquer dessa família; esses momentos serão os momentos limítrofes de uma certa duração d da família associada e diremos que qualquer momento B compreendido na duração d estará compreendido entre os momentos A e C. Assim, a relação ternária de "estar compreendido entre", envolvendo três momentos, A, B e C, está completamente definida. Também o nosso conhecimento acerca da passagem da natureza assegura-nos que essa relação distribui os momentos da família em uma ordem serial. Abstenho-me de enumerar as propriedades específicas que garantem esse resultado, por mim enumeradas em meu livro recentemente publicado[2], ao qual já fiz referência. Ademais, a passagem da natureza nos faculta saber que uma determinada direção ao longo da série corresponde à passagem para o futuro, enquanto a outra direção corresponde ao retrocesso em direção ao passado.

É a uma tal série ordenada de momentos que nos referimos ao falar no tempo definido como uma série. Cada elemento da série revela um estado instantâneo da natureza. Evidentemente, esse tempo serial é resultado de um processo intelectual de abstração. Minha contribuição foi fornecer definições precisas do processo através do qual a abstração é levada a cabo. Tal procedimento é simplesmente um caso particular do método geral que, em meu livro, denomino "método da abstração extensiva". Esse tempo serial evidentemente não é a própria passagem da natureza em si. Ele revela algumas das propriedades naturais que dela brotam. O estado da natureza "em um momento" evidentemente perdeu essa qualidade última da passagem. Também a série temporal de momentos apenas a retém enquanto uma relação extrínseca de entidades e não como o produto do ser essencial dos termos da série.

Nada foi dito ainda quanto ao dimensionamento do tempo. Tal dimensionamento não decorre da mera propriedade serial do tempo, mas requer uma teoria da congruência, a qual será considerada em uma conferência posterior.

---

2. Cf. *Enquiry*.

Ao avaliar a adequação dessa definição da série temporal como uma formulação da experiência, é necessário discriminar entre o julgamento elementar da apreensão sensível e nossas teorias intelectuais. O lapso de tempo é uma quantidade serial mensurável. A teoria científica em sua totalidade depende desse pressuposto; qualquer teoria do tempo que se mostre incapaz de fornecer tal série mensurável condena a si mesma como incapaz de dar conta do fato mais proeminente da experiência. Nossas dificuldades apenas começam quando indagamos o que é aquilo que se está mensurando. Trata-se, evidentemente, de um elemento de tal modo fundamental à experiência que dificilmente podemos nos distanciar dele e isolá-lo, de modo a observá-lo em suas devidas proporções.

Devemos inicialmente determinar se o tempo deve ser encontrado na natureza ou se a natureza deve ser encontrada no tempo. A dificuldade da segunda alternativa — isto é, a de estabelecer o tempo como anterior à natureza — é a de que o tempo converte-se, então, em um enigma metafísico. Que espécie de entidades são seus instantes ou seus períodos? A dissociação entre tempo e eventos revela, à nossa investigação imediata, que a tentativa de estabelecer o tempo como termo independente do conhecimento é semelhante ao esforço por se encontrar substância em uma sombra. Existe o tempo porque existem acontecimentos e, além dos acontecimentos, nada existe.

É preciso, porém, estabelecer uma distinção. Em certo sentido, o tempo se estende para além da natureza. É inverídico que uma apreensão sensível atemporal e um pensamento atemporal se combinem para contemplar uma natureza temporal. A apreensão sensível e o pensamento são, em si mesmos, processos, a exemplo de seus termos na natureza. Em outras palavras, há uma passagem da apreensão sensível e uma passagem do pensamento. Portanto, os domínios da qualidade da passagem se estendem para além da natureza. Mas surge agora a distinção entre passagem, de caráter fundamental, e a série temporal, que é uma abstração lógica visando representar algumas das propriedades da natureza. Uma série temporal, tal como a definimos, representa apenas certas propriedades de uma família de durações — propriedades que as durações só possuem em razão de partilharem o caráter da passagem, mas, por outro lado, propriedades que só as durações possuem de modo efetivo. Como conseqüência, o tempo, no sentido de uma série temporal mensurável, é tão-somente uma propriedade da natureza e não se estende aos processos do pensamento e da apreensão sensível, exceto por uma correlação desses processos com a série temporal implícita nos procedimentos destes.

Até este ponto, a passagem da natureza foi considerada em conexão à passagem de durações, contexto no qual ela revela uma peculiar afinidade com a série temporal. Devemo-nos lembrar, todavia, que o caráter da passagem está peculiarmente associado à extensão dos eventos e que dessa extensão origina-se a transição espacial, bem como a transição temporal. A discussão desse ponto está reservada para uma conferência posterior, porém é necessário lembrá-lo agora que estamos nos encaminhando para discutir a aplicação do conceito de passagem para além da natureza. Do contrário, teremos uma idéia muito estreita quanto à essência da passagem.

É necessário nos deter no tema da apreensão sensível nesse contexto, como um exemplo do modo pelo qual o tempo diz respeito à mente, muito embora o tempo mensurável seja uma mera abstração da natureza e a natureza esteja fechada à mente.

Consideremos a apreensão sensível — não seu termo, que é a natureza, mas a apreensão sensível em si mesma, como um processo da mente. A apreensão sensível é uma relação da mente com a natureza. Assim sendo, estamos agora considerando a mente como um termo relacional da apreensão sensível. No que diz respeito à mente, temos a apreensão sensível imediata e temos a memória. A distinção entre memória e o imediatismo presente tem um duplo significado. Por um lado, revela que a mente não possui uma apreensão imparcial de todas essas durações naturais às quais está relacionada através da apreensão. Sua apreensão compartilha da passagem da natureza. Podemos imaginar um ser cuja apreensão, concebida como sua posse particular, não sofre transição alguma, embora o termo de sua apreensão seja nossa própria natureza transitória. Não existe uma razão essencial para que a memória não deva ser alçada à vividez do fato presente; e então, pelo lado da mente, perguntamos: qual a diferença entre o presente e o passado? Com essa hipótese, contudo, podemos também supor que a recordação vívida e o fato presente são dispostos na apreensão da mesma forma como em sua ordem serial temporal. Por conseguinte, devemos admitir que, embora possamos imaginar que no processamento da apreensão sensível a mente poderia estar isenta de qualquer caráter de passagem, em verdade nossa experiência da apreensão sensível revela nossas mentes como partícipes desse caráter.

Por outro lado, o simples fato da memória é uma fuga à transitoriedade. Na memória, o passado se faz presente. Presente não enquanto sobrepondo-se à sucessão temporal da natureza, mas como um fato imediato para a mente. Nesse sentido, a memória é um desengajamento da mente com respeito à simples passagem da natureza; pois aquilo que passou para a natureza não passou para a mente.

Além disso, a distinção entre memória e o presente imediato não é tão nítida como convencionalmente se presume. Existe uma teoria intelectual do tempo como o gume de uma faca em movimento, a demonstrar um fato presente sem extensão temporal. Essa teoria origina-se do conceito de uma exatidão ideal da observação. As observações astronômicas são sucessivamente refinadas no sentido da exatidão em décimos, centésimos e milésimos de segundos. Contudo, os refinamentos finais são obtidos por meio de um sistema de cálculo aproximativo e, mesmo então, apresentam-nos uma extensão de tempo como uma margem de erro. O erro aqui é um simples termo convencional para expressar o fato de que o caráter da experiência não condiz com o ideal do pensamento. Já tive oportunidade de explicar como o conceito de um momento consegue conciliar o fato observado com esse ideal; ou seja, existe uma simplicidade limítrofe na expressão quantitativa das propriedades das durações, alcançada através da consideração de qualquer um dos conjuntos abstrativos incluídos no momento. Em outras palavras, o caráter extrínseco do momento como um agregado de durações associou-o com o caráter intrínseco do momento, que é a expressão limítrofe de propriedades naturais.

Assim, o caráter de um momento e o ideal de exatidão que este comporta de modo algum enfraquecem a posição de que o termo final da apreensão é uma duração provida de densidade temporal. Tal duração imediata não está claramente delineada para nossa apreensão. Seu limite inicial se turva por uma dissolução na memória, e seu limite final se turva por uma emergência da antecipação. Não há uma distinção nítida quer entre a memória e o imediatismo do presente quer entre o imediatismo do presente e a antecipação. O presente é uma amplitude de fronteiras oscilantes entre os dois extremos. Assim, nossa própria apreensão sensível, com seu presente estendido, possui algo do caráter da apreensão sensível do ser imaginário cuja mente estava liberta da passagem e que contemplava a natureza no seu todo como um fato imediato. Nosso presente individual possui seus antecedentes e seus conseqüentes, enquanto para o ser imaginário a natureza como um todo tem suas durações antecedentes e conseqüentes. Portanto, a única diferença, nesse sentido, entre nós e o ser imaginário é que para ele toda a natureza participa do imediatismo de nossa duração presente.

A conclusão dessa discussão é que, no que tange à apreensão sensível, existe uma passagem da mente, distinguível da passagem da natureza, embora estreitamente afim com ela. Podemos especular, se o quisermos, que essa afinidade da passagem da mente com a passagem da natureza resulta de ambas compartilharem algum caráter último da passagem que domina todo ser. Esta, porém, é uma especulação na qual não temos interesse. A dedução imediata que nos é suficiente — no que tange à apreensão sensível — é a de que a mente não está no tempo ou no espaço no mesmo sentido em que os eventos da natureza estão no tempo, mas que se encontra derivativamente no tempo e no espaço em razão da afinidade peculiar de sua passagem com a passagem da natureza. A mente, portanto, encontra-se no tempo e no espaço em um sentido peculiar a si mesma. Houve uma longa discussão para chegarmos a uma conclusão extremamente simples e óbvia. Temos todos a sensação de que, em algum sentido, nossas mentes estão aqui nesta sala e neste momento. Mas não exatamente no mesmo sentido em que os eventos da natureza, que são as existências de nossos cérebros, têm suas posições espaciais e temporais. A distinção fundamental a lembrar é a de que o imediatismo para a apreensão sensível não é o mesmo que a instantaneidade para a natureza. Essa última conclusão nos leva à discussão seguinte, com a qual encerrarei esta conferência. Podemos, portanto, formular a seguinte questão: será possível encontrar uma série temporal alternativa na natureza?

Alguns anos atrás, tal possibilidade teria sido desconsiderada como fantasticamente impossível. Não teria tido a menor sustentação na ciência então corrente e tampouco teria familiaridade com idéia alguma jamais introduzida nos sonhos da filosofia. Os séculos XVIII e XIX aceitaram como sua filosofia natural um determinado círculo de conceitos tão rígidos e definitivos como aqueles da filosofia medieval, e que eram aceitos com a mesma escassez de investigação crítica. Denominarei ''materialismo'' a essa filosofia natural. Materialistas eram não só os homens da ciência, mas também os adeptos de todas as escolas filosóficas. Os idealistas apenas se distinguiam dos materialistas filosóficos na questão do alinhamento da natureza com respeito à mente. Mas nenhum deles tinha a menor dúvida de que a filosofia da natureza, considerada em si mesma, era do tipo ao qual denominei materialismo. Trata-se da filosofia já examinada nas duas conferências anteriores deste ciclo. Podemos sintetizá-la como a crença de que a natureza é um agregado material e que esse material existe, em certo sentido, *em* cada membro sucessivo de uma série unidimensional de instantes do tempo desprovidos de extensão. Além disso, as relações mútuas entre as entidades materiais em cada instante dispunham essas entidades em uma configuração espacial em um espaço ilimitado. A impressão que se tem é de que o espaço — nessa teoria — seria tão instantâneo como os instantes, e que seria preciso alguma explicação das relações entre os sucessivos espaços instantâneos. Mas a teoria materialista se cala nesse particular; e a sucessão de espaços instantâneos é tacitamente combinada no sentido de formar um espaço persistente. A teoria é uma consideração puramente intelectual da experiência, que teve a sorte de se fazer formular no alvorecer do pensamento científico. Ela dominou a linguagem e a imaginação da ciência desde que esta floresceu em Alexandria, com o resultado de que, hoje, dificilmente se pode falar sem dar a impressão de assumir sua obviedade imediata.

Quando, porém, formulada claramente nos termos abstratos em que acabo de enunciá-la, a teoria se afasta largamente do óbvio. O complexo passageiro de fatores que compõe o fato que constitui o termo da apreensão sensível não nos coloca diante de coisa alguma que corresponda à trindade desse materialismo natural. Essa trindade é composta (i) pela série temporal de instantes desprovidos de extensão, (ii) pelo agregado de entidades materiais e (iii) pelo espaço, que é o resultado das relações da matéria.

Há um grande abismo entre esses pressupostos da teoria intelectual do materialismo e os juízos imediatos da apreensão sensível. Não ponho em dúvida que essa trindade materialista personifica importantes caracteres da natureza. Mas é necessário expressar esses caracteres em termos dos fatos da experiência. É exatamente o que venho buscando nesta conferência no que diz respeito ao tempo; e agora nos deparamos com a pergunta: existirá uma única série temporal, apenas? A filosofia materialista da natureza pressupõe o caráter único da série temporal. Essa filosofia, porém, é tão-somente uma teoria, como as teorias científicas aristotélicas, objetos de uma fé tão obstinada na Idade Média. Se nesta conferência consegui, de alguma forma, me afastar da teoria em favor dos fatos imediatos, a resposta nem de longe será tão indiscutível. A pergunta pode ser reformulada nos seguintes termos: existirá uma única família de durações, apenas? O significado de "família de durações" na pergunta foi definido anteriormente nesta conferência. A resposta agora de modo algum é óbvia. Na teoria materialista, o presente instantâneo é o único campo para a atividade criativa da natureza. O passado se foi e o futuro ainda não é. Portanto (nessa teoria), o imediatismo da apreensão é o de um presente instantâneo, e esse presente único é o produto do passado e a promessa do futuro. De nossa parte, contudo, negamos esse presente instantâneo imediatamente dado. Não existe algo semelhante a ser encontrado na natureza. Enquanto fato último, trata-se de uma não-entidade. O imediato, para a apreensão sensível, é uma duração. Ora, uma duração traz em seu seio um passado e um futuro; e as amplitudes temporais das durações imediatas da apreensão sensível são altamente indeterminadas e dependentes do percipiente individual. Como conseqüência, não existe fator algum na natureza que, para cada percipiente, seja preeminente e necessariamente o presente. A passagem da natureza não deixa nada entre o passado e o futuro. O que percebemos como presente é a vívida borda da memória matizada pela antecipação. Essa vividez ilumina o campo discriminado no âmbito de uma duração. Mas isso não representa nenhuma garantia de que os acontecimentos da natureza não possam ser distribuídos por outras durações de famílias alternativas. Sequer podemos saber que a série de durações imediatas exibidas pela apreensão sensível de uma mente individual pertence, de modo absolutamente necessário, à mesma família de durações. Não existe a menor razão para se acreditar que seja assim. Na verdade, se minha teoria da natureza estiver correta, não será o caso.

A teoria materialista apresenta toda a abrangência do pensamento medieval, que tinha uma resposta cabal para tudo, quer no céu, no inferno ou na natureza. Existe nela um certo caráter ordenativo, com seu presente instantâneo, seu passado esvanecido, seu futuro inexistente e sua matéria inerte. Esse caráter ordenativo é profundamente medieval e concorda sofrivelmente com os fatos ordinários.

A teoria que estou defendendo admite um mistério último mais vultoso e uma ignorância mais profunda. O passado e o futuro se encontram e se misturam no presente mal definido. A passagem da natureza, simplesmente uma outra denominação da força criativa da existência, possui uma ampla margem de presente definido e instantâneo em cujo âmbito operar. Sua presença operativa, que no momento impulsiona a natureza adiante, deve ser procurada ao longo do todo, tanto no passado remoto quanto na mais estreita amplitude de qualquer duração presente. Talvez também no futuro não-realizado. Talvez também no futuro que poderia ser, bem como no futuro efetivo que virá a ser. É impossível meditar sobre o tempo e o mistério da passagem criativa da natureza sem uma avassaladora comoção ante as limitações da inteligência humana.

CAPÍTULO IV

O MÉTODO DA ABSTRAÇÃO EXTENSIVA

A conferência de hoje deve iniciar com a consideração dos eventos limitados. Estaremos, assim, em posição de nos embrenhar por uma investigação acerca dos fatores da natureza representados por nossa concepção de espaço.

A duração que constitui a revelação imediata de nossa apreensão sensível é discriminada em partes. Existe a parte representada pela vida da natureza como um todo no interior de uma sala e existe a parte representada pela vida da natureza como um todo em uma mesa da sala. Essas partes são eventos limitados. Possuem a extensão da duração presente e são partes desta. Mas, enquanto uma duração é um todo ilimitado e, em determinado sentido restrito, é tudo quanto existe, um evento limitado possui uma limitação completamente definida de extensão, a nós expressa em termos espaço-temporais.

Estamos habituados a associar a cada evento uma certa qualidade melodramática. O atropelamento de um homem, por exemplo, constitui um evento compreendido em determinados limites espaço-temporais. Não estamos habituados a considerar a permanência da Grande Pirâmide ao longo de um dia específico qualquer como um evento. No entanto, o fato natural que é a Grande Pirâmide ao longo de um dia — e nos referimos, com isso, à natureza como um todo nela compreendida —, é um evento do mesmo caráter do acidente do homem, no sentido da natureza como um todo em suas limitações espaço-temporais, de sorte a incluir o homem e o veículo motorizado durante o período em que estiveram em contato.

Estamos habituados a analisar esses eventos segundo três fatores: tempo, espaço e material. Na verdade, de pronto aplicamos a eles os conceitos da teoria materialista da natureza. Não nego a utilidade dessa análise com o propósito de expressar importantes leis da natureza. Minha negativa é a de que qualquer um desses fatores seja apresentado a nós na apreensão sensível em uma concreta independência. Percebemos um fator unitário da natureza; e esse fator é que algo está transcorrendo então — ali. Percebemos, por exemplo, o transcorrer da Grande Pirâmide em suas relações com o transcorrer dos eventos egípcios circundantes. De tal modo estamos condicionados, tanto pela linguagem como pelo ensino formal e pela conveniência resultante, a expressar nossos pensamentos em termos dessa análise materialista que tendemos intelectualmente a ignorar a legítima unidade do fator realmente apresentado na apreensão sensível. Esse fator unitário, que retém em si mesmo a passagem da natureza, é o elemento concreto primordial discriminado na natureza. São esses fatores primordiais que designo por eventos.

O MÉTODO DA ABSTRAÇÃO EXTENSIVA

Os eventos são o campo de uma relação binária, qual seja, a relação de extensão considerada na última conferência. Eventos são as coisas ligadas pela relação de extensão. Se um evento *A* se estende por sobre um evento *B*, *B* é "parte de" *A* e *A* é um "todo" do qual *B* é uma parte. Os termos "todo" e "parte" são invariavelmente empregados nessas conferências nesse sentido específico. Segue-se que, com respeito a essa relação, dois eventos *A* e *B* quaisquer podem apresentar entre si qualquer uma das quatro relações, quais sejam (i) *A* pode estender-se por sobre *B*, ou (ii) *B* pode estender-se por sobre *A*, ou (iii) *A* e *B* podem, ambos, estender-se por sobre um terceiro evento *C*, mas nenhum deles por sobre o outro, ou (iv) *A* e *B* podem estar completamente separados. Tais alternativas podem obviamente ser ilustradas pelos diagramas de Euler, tal como aparecem nos livros de lógica.

A continuidade da natureza é a continuidade dos eventos, continuidade essa que é simplesmente a denominação para o agregado de uma variedade de propriedades de eventos ligados pela relação de extensão.

Em primeiro lugar, tal relação é transitiva; em segundo, cada evento contém outros eventos como partes de si; em terceiro, cada evento é uma parte de outros eventos; em quarto lugar, dados dois eventos finitos quaisquer, existirão eventos dos quais cada um conterá a ambos enquanto partes; e em quinto, existe uma relação especial entre eventos, à qual dou o nome de "junção".

Dois eventos apresentam junção quando existe um terceiro evento do qual ambos fazem parte e que é tal que nenhuma de suas partes está separada dos dois eventos dados. Portanto, dois eventos que apresentam junção formam exatamente um evento, que constitui, em certo sentido, a soma de ambos.

Somente determinados pares de eventos possuem essa propriedade. De modo geral, qualquer evento que contenha dois eventos contém igualmente partes outras, separadas de ambos os eventos.

Há uma definição alternativa para a junção de dois eventos, que adotei em meu recente livro[1]. Dois eventos apresentam junção quando existe um terceiro evento tal que (i) se sobrepõe a ambos os eventos e (ii) nenhuma de suas partes está separada dos dois eventos dados. A adoção de qualquer uma dessas definições alternativas como a definição de junção determina que a outra se afigure como um axioma referente ao caráter da junção tal como a conhecemos na natureza. Mas nosso interesse não é tanto uma definição lógica como a formulação dos resultados da observação direta. Há uma certa continuidade inerente à unidade observada de um evento e essas duas definições de junção na verdade são axiomas baseados na observação sobre o caráter dessa continuidade.

As relações entre todo e parte e de sobreposição constituem casos particulares da junção de eventos. Contudo, é possível a existência de junção em eventos separados entre si; por exemplo, as partes superior e inferior da Grande Pirâmide estão divididas por algum plano horizontal imaginário.

A continuidade que a natureza deriva dos eventos foi obscurecida pelos exemplos que fui forçado a apre-

---

1. Cf. *Enquiry*.

sentar. Assim, tomei a existência da Grande Pirâmide como um fato sobejamente conhecido ao qual poderia recorrer seguramente a título de explicação. Esse é um tipo de evento que a nós se manifesta como a situação de um objeto reconhecível; e, no exemplo escolhido, o objeto é tão amplamente conhecido que recebeu um nome. Um objeto é uma entidade de diferente tipo que um evento. Por exemplo, o evento que consiste na vida da natureza na Grande Pirâmide ontem e hoje é divisível em duas partes, a saber, a Grande Pirâmide ontem e a Grande Pirâmide hoje. Contudo, o objeto reconhecível também chamado a Grande Pirâmide é hoje o mesmo objeto que era ontem. A teoria dos objetos deverá ser alvo de consideração em outra conferência.

Todo esse tema está investido de um indevido ar de sutileza pelo fato de que quando o evento é a situação de um objeto bem caracterizado, não temos uma linguagem própria para distinguir entre evento e objeto. No caso da Grande Pirâmide, o objeto é a entidade unitária percebida que, tal como percebida, se mantém idêntica a si mesma ao longo do tempo, ao mesmo tempo em que toda a dança das moléculas e o jogo alternante do campo eletromagnético são ingredientes do evento. Um objeto está, em certo sentido, fora do tempo. Apenas derivativamente está no tempo, por estar associado a eventos por uma relação a que denomino ''situação''. Essa relação de situação exigirá discussão em uma conferência subseqüente.

O ponto que desejo assinalar por ora é que constituir a situação de um objeto bem caracterizado não é necessidade inerente a um evento. Existe um evento onde quer e quando quer que algo esteja se passando. Ademais, as próprias palavras "onde quer e quando quer" pressupõem um evento, pois espaço e tempo em si mesmos são abstrações a partir de eventos. Portanto, é uma conseqüência dessa doutrina que algo esteja sempre se passando em toda parte, mesmo no chamado espaço vazio. Tal conclusão está de acordo com a moderna ciência física que pressupõe a atividade de um campo eletromagnético ao longo de todo o espaço e tempo. Essa doutrina da ciência assumiu a forma materialista de um éter que a tudo permeia. O éter, no entanto, é evidentemente um mero conceito supérfluo — na terminologia aplicada por Bacon à doutrina das causas finais, é uma virgem infecunda. Nada se pode deduzir dele; e o éter simplesmente se presta ao propósito de satisfazer às exigências da teoria materialista. O conceito importante é o dos fatos alternantes dos campos de força. Trata-se do conceito de um éter de eventos que deveria substituir aquele de um éter material.

Não é preciso nenhum exemplo para afiançar a vocês que um evento é um fato complexo, e as relações entre dois eventos formam um emaranhado quase impenetrável. A chave descoberta pelo bom senso da humanidade e sistematicamente utilizada na ciência é aquilo que denominei alhures[2] a lei de convergência à simplicidade pela redução da extensão.

Se A e B são dois eventos e A' é parte de A e B' é parte de B, as relações entre as partes A' e B' serão, sob múltiplos aspectos, mais simples do que as relações entre A e B. Esse é o princípio que governa todas as tentativas de uma observação exata.

---

2. Cf. *Organization of Thought*, pp. 146 ss. Williams and Norgate, 1917.

O primeiro resultado do uso sistemático dessa lei foi a formulação dos conceitos abstratos de Tempo e Espaço. Na conferência anterior, esbocei o modo como o princípio foi aplicado para a obtenção da série temporal. Passo agora a considerar como se obtêm as entidades espaciais através do mesmo método. O procedimento sistemático é idêntico, em princípio, para ambos os casos, e ao tipo geral de procedimento dei o nome de "método da abstração extensiva".

Vocês se lembrarão que em minha conferência anterior defini o conceito de um conjunto abstrativo de durações. Essa definição pode ser ampliada, de modo a aplicar-se a quaisquer eventos, eventos limitados bem como durações. A única alteração necessária é a substituição da palavra "duração" pela palavra "evento". Por conseguinte, um conjunto abstrativo de eventos é qualquer conjunto de eventos dotado de duas propriedades: (i) a de que em quaisquer dois membros do conjunto, um contém o outro como parte e (ii) que não existe nenhum evento que seja parte comum à totalidade dos membros do conjunto. Tal conjunto, conforme vocês se lembrarão, possui as propriedades do jogo chinês de caixas, em que uma vai dentro da outra, com a diferença de que o jogo chinês possui uma caixa menor que todas, ao passo que a série abstrativa não possui nem um evento menor que todos e tampouco converge para um evento-limite, não pertencente ao conjunto.

Portanto, no que diz respeito aos conjuntos abstrativos de eventos, um conjunto abstrativo não converge a nada. Existe o conjunto cujos membros vão-se tornando indefinidamente menores ao avançarmos em pensamento em direção à extremidade menor da série, mas não há nenhum mínimo, de espécie alguma, que por fim seja alcançado. Na verdade, o conjunto é apenas ele mesmo e não indica nada além no sentido de eventos, exceto a si próprio. Mas cada evento tem um caráter intrínseco, no sentido de constituir uma situação de objetos e de conter partes que são situações de objetos e — para enunciar a questão de modo mais genérico — no sentido de ser um campo da vida da natureza. Tal caráter pode ser definido por expressões quantitativas que expressam relações entre diversas quantidades intrínsecas ao evento ou entre tais quantidades e outras quantidades intrínsecas a outros eventos. No caso de eventos de extensão espaço-temporal considerável, esse conjunto de expressões quantitativas é de uma complexidade desconcertante. Sendo e um evento, chamemos $q(e)$ ao conjunto de expressões quantitativas que definem seu caráter, incluindo suas relações com o restante da natureza. Seja e_1, e_2, e_3, etc. um conjunto abstrativo, cujos membros estão distribuídos de maneira tal que cada membro, como e_n se estende por sobre todos os membros sucessivos e_{n+1}, e_{n+2}, etc. Portanto, à série

$$e_1, e_2, e_3, \ldots, e_n, e_{n+1}, \ldots,$$

corresponde a série

$$q(e_1), q(e_2), q(e_3), \ldots, q(e_n), q(e_{n+1}), \ldots$$

Chamemos à série de eventos s e à série de expressões quantitativas, $q(s)$. A série s não possui termo final e nenhum evento que esteja contido em cada elemento da série. Assim, a série de eventos não converge a nada. É apenas ela mesma. Também a série $q(s)$ não possui termo final. Mas os conjuntos de quantidades homólogas que percorrem os diversos termos da série convergem efetivamente para limites precisos. Por exemplo, sendo Q_1 uma medida quantitativa encontrada em $q(e_1)$, e Q_2 o homólogo de Q_1 a ser encontrado em $q(e_2)$, e Q_3 o homólogo de Q_1 e Q_2 a ser encontrado em $q(e_3)$, e assim sucessivamente, a série

$$Q_1, Q_2, Q_3, \ldots, Q_n, Q_{n+1}, \ldots,$$

embora não tenha termo final, geralmente converge a um limite definido. Por conseguinte, existe uma classe de limites $l(s)$ que é a classe dos limites daqueles membros de $q(e_n)$ possuidores de homólogos ao longo da série $q(s)$ à medida que n cresce indefinidamente. Podemos representar essa afirmação diagramaticamente utilizando uma seta ($\rightarrow$) para designar "tende para". Assim,

$$e_1, e_2, e_3, \ldots, e_n, e_{n+1}, \ldots \rightarrow \text{nada},$$

e

$$q(e_1), q(e_2), q(e_3), \ldots, q(e_n), q(e_{n+1}), \ldots \rightarrow l(s).$$

As relações mútuas entre os limites no conjunto $l(s)$, bem como entre esses limites e os limites em outros conjuntos $l(s'), l(s''), \ldots$, originados de outros conjuntos abstrativos s', s'', etc., possuem uma peculiar simplicidade.

O conjunto s, portanto, indica efetivamente uma simplicidade ideal de relações naturais, muito embora tal simplicidade não seja o caráter de nenhum evento atual em *s*. Podemos fazer uma aproximação a tal simplicidade — que, enquanto estimada numericamente, está tão próxima quanto o desejarmos —, considerando um evento da série suficientemente afastado na direção da extremidade menor. Deve-se notar que é a série infinita, ao se estender em uma infindável sucessão em direção à extremidade menor, que tem importância. O evento de amplitude arbitrária que dá início à série não tem a menor importância. Podemos excluir arbitrariamente qualquer conjunto de eventos situado na extremidade maior de um conjunto abstrativo sem a perda de nenhuma propriedade importante para o conjunto assim modificado.

Dou ao caráter limítrofe das relações naturais, indicado por um conjunto abstrativo, o nome de "caráter intrínseco" do conjunto; já as propriedades, ligadas à relação entre todo e parte no que concerne a seus membros, pelas quais um conjunto abstrativo é definido, formam o que denomino seu "caráter extrínseco". O fato de o caráter extrínseco de um conjunto abstrativo determinar um caráter intrínseco definido é a razão da importância dos conceitos precisos de espaço e tempo. Essa manifestação de um caráter intrínseco definido a partir de um conjunto abstrativo é o significado preciso da lei de convergência.

Por exemplo, vemos um trem a aproximar-se durante um minuto. O evento que é a vida da natureza naquele trem durante aquele minuto é de suma complexidade, e a expressão de suas relações e dos ingredientes de seu caráter nos desconcerta. Se tomarmos um segundo daquele minuto, o evento mais limitado assim obtido é mais simples no que tange a seus ingredientes, e intervalos cada vez menores, como um décimo daquele segundo, ou um centésimo, ou um milésimo — desde que tenhamos uma regra definida que resulte em uma sucessão definida de eventos em diminuição — resultam em eventos cujos caracteres ingredientes convergem para a simplicidade ideal do caráter do trem em um instante definido. Além disso, existem diversos gêneros de tal convergência à simplicidade. Por exemplo, podemos convergir, como acima, ao caráter limítrofe que expressa a natureza em um instante compreendida no volume todo do trem naquele instante, ou à natureza em um instante compreendida em alguma porção daquele volume — na caldeira da locomotiva, por exemplo — ou à natureza em um instante em alguma área de superfície, ou à natureza em um instante em alguma linha do trem, ou à natureza em um instante em algum ponto do trem. No último caso, os caracteres limítrofes simples aos quais se chegará serão expressos em termos de densidades, pesos específicos e tipos de material. Por outro lado, não precisamos necessariamente convergir a uma abstração que envolva a natureza em um instante. Podemos convergir aos ingredientes físicos de uma determinada trilha de pontos ao longo do minuto como um todo. Assim, existem diferentes tipos de caráter extrínseco de convergência que conduzem à aproximação a diversos tipos de caracteres intrínsecos enquanto limites.

Passamos agora à investigação de possíveis relações entre conjuntos abstrativos. Um conjunto pode ''cobrir'' outro. Defino esse ''cobrir'' do seguinte modo: um conjunto abstrativo p cobre um conjunto abstrativo q quando todos os elementos de p contêm, enquanto partes, alguns elementos de q. É evidente que se algum evento e

contém como parte integrante qualquer membro do conjunto q, dada a propriedade transitiva da extensão, cada elemento sucessivo da extremidade menor de q será parte de e. Nesse caso, direi que o conjunto abstrativo q "inere" ao evento e. Assim, quando um conjunto abstrativo p cobre um conjunto abstrativo q, o conjunto abstrativo q inere a cada membro de p.

É possível a dois conjuntos abstrativos cobrirem-se mutuamente. Nesse caso, chamarei aos dois conjuntos "iguais em força abstrativa". Sempre que não haja risco de mal-entendidos, abreviarei a expressão dizendo simplesmente que os dois conjuntos abstrativos são "iguais". O que torna possível essa igualdade de conjuntos abstrativos é o fato de ambos os conjuntos, p e q, constituírem séries infinitas que caminham para suas extremidades menores. A igualdade significa portanto que, dado qualquer evento x pertencente a p, podemos sempre, afastando-nos o suficiente na direção da extremidade menor de q, encontrar um evento y que é parte de x, e que, afastando-nos o suficiente, então, em direção à extremidade menor de p, podemos encontrar um evento z que é parte de y, e assim indefinidamente.

A importância da igualdade de conjuntos abstrativos nasce do pressuposto de que os caracteres intrínsecos dos dois conjuntos são idênticos. Não fosse esse o caso, a observação exata estaria no fim.

É evidente que dois conjuntos abstrativos quaisquer que sejam iguais a um terceiro conjunto abstrativo são iguais entre si. Um "elemento abstrativo" é o grupo completo de conjuntos abstrativos iguais a qualquer um dentre si. Portanto, todos os conjuntos abstrativos pertencentes ao mesmo elemento são iguais e convergem para o mesmo caráter intrínseco. Um elemento abstrativo, assim, é o grupo de rotas de aproximação a um caráter intrínseco definido, de simplicidade ideal, a ser encontrado como um limite entre os fatos naturais.

Se um conjunto abstrativo p cobre um conjunto abstrativo q, qualquer conjunto abstrativo pertencente ao elemento abstrativo do qual p é um membro irá cobrir qualquer conjunto abstrativo pertencente ao elemento do qual q é um membro. Nesse sentido, será proveitoso ampliar o significado do termo ''cobrir'' e falar de um elemento abstrativo ''cobrindo'' outro elemento abstrativo. Se procurarmos, de maneira semelhante, ampliar o significado do termo ''iguais'' no sentido de ''iguais em força abstrativa'', torna-se óbvio que um elemento abstrativo pode ser igual apenas a si próprio. Assim, um elemento abstrativo possui uma força abstrativa singular e é o constructo, formado a partir de eventos, que representa um caráter intrínseco definido e ao qual se chega, como limite, pelo uso do princípio de convergência para a simplicidade através da redução da extensão.

Quando um elemento abstrativo A cobre um elemento abstrativo B, o caráter intrínseco de A inclui, em certo sentido, o caráter intrínseco de B. Daí resulta que as afirmações acerca do caráter intrínseco de B serão, em certo sentido, afirmações acerca do caráter intrínseco de A; mas o caráter intrínseco de A será mais complexo que aquele de B.

Os elementos abstrativos formam os elementos fundamentais do espaço e do tempo, e nos voltaremos agora para a consideração das propriedades envolvidas na formação de classes especiais de tais elementos. Em minha conferência passada tive oportunidade de investigar uma classe de elementos abstrativos, a saber, os momentos. Cada momento é um grupo de conjuntos abstrativos e os eventos membros desses conjuntos são todos membros de uma mesma família de durações. Os momentos de uma família formam uma série temporal; admitindo-se a existência de diferentes famílias de momentos, haverá séries temporais alternativas na natureza. Assim, o método de abstração extensiva explica a origem da série temporal em termos dos fatos imediatos da experiência e, ao mesmo tempo, admite a existência das séries temporais alternativas exigidas pela moderna teoria da relatividade eletromagnética.

Passemos agora para o espaço. A primeira coisa a fazer é nos assenhorear da classe de elementos abstrativos que constituem, em certo sentido, os pontos do espaço. Um elemento abstrativo tal deve, em algum sentido, apresentar uma convergência a um mínimo absoluto de caráter intrínseco. Euclides expressou definitivamente a idéia geral de um ponto como desprovido de partes e desprovido de magnitude. É esse caráter de constituir um mínimo absoluto que queremos alcançar, bem como expressar em termos dos caracteres extrínsecos dos conjuntos abstrativos que formam um ponto. Além disso, os pontos assim alcançados representam o ideal de eventos sem qualquer extensão, embora, na verdade, não existam entidades como esses eventos ideais. Esses pontos não serão os pontos de um espaço externo atemporal, mas sim de espaços instantâneos. Almejamos, em última instância, chegar ao espaço atemporal da ciência física e também do pensamento comum, ora matizado pelos conceitos da ciência. Será conveniente reservar o termo "ponto" para esses espaços quando chegarmos a eles.

Adotarei, portanto, a expressão "partículas de evento" para os limites mínimos ideais de eventos. Assim, uma partícula de evento é um elemento abstrativo e, enquanto tal, é um grupo de conjuntos abstrativos; e um ponto — isto é, um ponto do espaço atemporal — será uma classe de partículas de evento.

Existe, ainda, um espaço atemporal separado, correspondente a cada série temporal separada, isto é, a cada família separada de durações. Voltaremos futuramente aos pontos em espaços atemporais. Apenas faço alusão a eles agora a fim de que possamos compreender os estágios de nossa investigação. A totalidade de partículas de evento forma um múltiplo quadridimensional, cuja dimensão adicional se origina do tempo — em outras palavras, se origina dos pontos de um espaço atemporal, sendo cada um deles uma classe de partículas de evento.

O caráter necessário aos conjuntos abstrativos que formam as partículas de evento estaria assegurado caso conseguíssemos defini-los como dotados da propriedade de serem cobertos por qualquer conjunto abstrativo que os mesmos cobrem. Neste caso, pois, qualquer outro conjunto abstrativo coberto pelo conjunto abstrativo de uma partícula de evento seria igual a este e seria, assim, um membro da mesma partícula de evento. Por conseguinte, uma partícula de evento não poderia cobrir nenhum outro elemento abstrativo. Essa é a definição por mim originalmente proposta em um congresso em Paris no ano de 1914[3]. Se adotada sem algum tipo

---

3. Cf. "La Théorie Relationniste de l'Espace", *Rev. de Métaphysique et de Morale*, vol. XXIII, 1916.

de complementação, todavia, essa definição envolve uma dificuldade particular e atualmente não estou satisfeito com o modo pelo qual procurei transpor essa dificuldade no referido ensaio.

A dificuldade é a seguinte: uma vez definidas as partículas de evento, é fácil definir o agregado de partículas de evento que formam o contorno de um evento; e, a partir daí, o contato de ponto possível, em seus contornos, a um par de eventos dos quais um é parte do outro. Podemos conceber então todas as complexidades do tangenciamento. Podemos conceber, em particular, um conjunto abstrativo no qual todos os membros têm seu contato de ponto na mesma partícula de evento. É fácil provar, então, que não haverá nenhum conjunto abstrativo com a propriedade de ser coberto por todo conjunto abstrativo que o mesmo cobre. Apresento essa dificuldade de modo menos sucinto porque sua existência conduz o desenrolar de nossa linha de argumentação. Tivemos de anexar alguma condição à propriedade básica de ser coberto por qualquer conjunto abstrativo que ele cubra. Quando investigamos essa questão das condições adequadas, descobrimos que, além das partículas de evento, todos os demais elementos abstrativos espaciais e espaço-temporais podem ser definidos da mesma forma, variando-se adequadamente as condições. Assim, seguiremos um percurso geral, adequado para o emprego além das partículas de evento.

Seja σ o nome de qualquer condição obedecida por um certo número de conjuntos abstrativos. Direi que um conjunto abstrativo é um "σ-primo" quando apresentar duas propriedades: (i) satisfaça a condição σ e (ii) seja coberto por todo conjunto abstrativo que, além de ser coberto por ele, satisfaça a condição σ.

Em outras palavras, não se pode ter nenhum conjunto abstrativo que satisfaça a condição σ e que demonstre um caráter intrínseco mais simples do que aquele de um σ-primo.

Temos também os conjuntos abstrativos correlatos, aos quais denomino conjuntos de σ-antiprimos. Um conjunto abstrativo é um σ-antiprimo quando apresenta duas propriedades: (i) satisfaz a condição σ e (ii) cobre todo conjunto abstrativo que, além de cobri-lo, satisfaça a condição σ. Em outras palavras, não se pode ter tenhum conjunto abstrativo que satisfaça a condição σ e que demonstre um caráter intrínseco mais complexo do que aquele de um σ-antiprimo.

O caráter intrínseco de um σ-primo possui um certo mínimo de completitude entre aqueles conjuntos abstrativos sujeitos à condição de satisfazerem σ; ao passo que o caráter intrínseco de um σ-antiprimo possui um correspondente máximo de completitude e inclui tudo quanto pode nas circunstâncias.

Consideremos primeiro que contribuição poderia nos prestar a noção de antiprimos na definição de momentos por nós apresentada na conferência passada. Seja a condição σ a propriedade de ser uma classe cujos membros são, em sua totalidade, durações. Um conjunto abstrativo que satisfaça tal condição é, portanto, um conjunto abstrativo totalmente composto de durações. Será conveniente, então, definir um momento como o grupo de conjuntos abstrativos iguais a algum σ-antiprimo, onde a condição σ possui esse significado especial. Poderemos perceber, mediante consideração, (i) que cada conjunto abstrativo que forma um momento é um σ-antiprimo, onde σ possui esse significado especial, e (ii) que excluímos do corpo de momentos os conjuntos abstrativos de durações que possuem, sem exceção, um contorno em comum, quer o contorno inicial, quer o final. Excluímos, assim, os casos especiais capazes de confundir o raciocínio geral. A nova definição de um momento, que suplanta nossa definição prévia, é (com a ajuda da noção de antiprimos) a de traçado mais preciso dentre as duas, bem como a mais proveitosa.

A condição particular representada por ''σ'' na definição de momentos incluiu algo adicional em tudo aquilo que se pode derivar do conceito puro e simples de extensão. Uma duração demonstra para o pensamento uma totalidade. O conceito de totalidade é algo que transcende ao de extensão, embora ambos se entrelacem no conceito de duração.

Da mesma forma, a condição particular ''σ'', necessária para a definição de uma partícula de evento, deve ser buscada para além do simples conceito de extensão. A mesma observação é válida para as condições particulares indispensáveis para os outros elementos espaciais. Essa noção adicional é obtida através da distinção entre o conceito de ''posição'' e o conceito de convergência a um zero ideal de extensões tal como demonstrado por um conjunto abstrativo de eventos.

Para compreendermos essa distinção, consideremos um ponto do espaço instantâneo que concebemos aparente a nós a um olhar quase instantâneo. Esse ponto é uma partícula de evento e possui dois aspectos. Sob um primeiro aspecto, ele está ali onde está. Trata-se de sua posição no espaço. Sob outro aspecto, chega-se nele quando ignorado o espaço circundante e a atenção se concentra no conjunto de eventos cada vez menor que dele se aproxima. Trata-se de seu caráter extrínseco. Um ponto, portanto, possui três caracteres, a saber, sua posição no espaço instantâneo como um todo, seu caráter extrínseco e seu caráter intrínseco. O mesmo se aplica a qualquer outro elemento espacial. Por exemplo, um volume instantâneo no espaço instantâneo possui três caracteres, a saber, sua posição, seu caráter extrínseco como grupo de conjuntos abstrativos, e seu caráter intrínseco, que é o limite de propriedades naturais indicado por qualquer um desses conjuntos abstrativos.

Antes que possamos discorrer acerca de posição no espaço instantâneo, devemos evidentemente ter muita clareza quanto àquilo que designamos por espaço instantâneo propriamente dito. O espaço instantâneo deve ser buscado enquanto caráter de um momento. Isso porque um momento é a natureza como um todo em um instante. Não pode constituir o caráter intrínseco do momento, pois o caráter intrínseco revela-nos o caráter limítrofe da natureza no espaço naquele instante. O espaço instantâneo deve ser uma reunião de elementos abstrativos considerados em suas relações mútuas. Portanto, um espaço instantâneo é a reunião de elementos abstrativos cobertos por algum momento individual, e constitui o espaço instantâneo daquele momento.

Devemos indagar agora quanto ao caráter que encontramos na natureza apto a conferir aos elementos de um espaço instantâneo diferentes qualidades de posição. Essa questão leva-nos de pronto à intersecção de momentos, um tópico ainda não considerado nestas conferências.

O lugar geométrico da intersecção de dois momentos é a reunião de elementos abstrativos cobertos por ambos. Ora, não pode haver intersecção entre dois momentos da mesma série temporal. Haverá necessariamente intersecção entre dois momentos respectivamente de famílias diversas. Portanto, devemos esperar, no espaço instantâneo de um momento, que as propriedades fundamentais sejam marcadas pelas intersecções com momentos de outras famílias. Sendo M um momento dado, a intersecção de M com outro momento A será um plano instantâneo no espaço instantâneo de M; e sendo B um terceiro momento a interseccionar tanto M como A, a intersecção de M e B será um outro plano no espaço M. Assim também, a intersecção comum de A, B e M é a intersecção dos dois planos no espaço M, ou seja, é uma linha reta no espaço M. Teremos o surgimento de um caso excepcional se B e M se cruzarem no mesmo plano que A e M. Outrossim, sendo C um quarto momento, à parte alguns casos especiais que não precisamos considerar, este intersecciona M em um plano sobre o qual a linha reta (A, B, M) incide. Assim temos, em geral, uma intersecção comum de quatro momentos de diferentes famílias. Tal intersecção comum é uma reunião de elementos abstrativos, cada um deles coberto (ou "compreendido em") todos os quatro momentos. A propriedade tridimensional do espaço instantâneo redunda em que (à parte relações especiais entre os quatro momentos) qualquer quinto momento ou contém o todo de sua intersecção comum ou nenhuma parte desta. Nenhuma subdivisão adicional da intersecção comum é possível por intermédio dos momentos. Vigora o princípio do "tudo ou nada". Não estamos diante de uma verdade *a priori*, mas de um fato empírico da natureza.

Será conveniente reservar os termos espaciais comuns "plano", "linha reta" e "ponto" para os elementos do espaço atemporal de um sistema temporal. Assim sendo, um plano instantâneo no espaço instantâneo de um momento será chamado de "nível", uma linha reta instantânea será chamada de "recta" e um ponto instantâneo será chamado de "puncto". Um puncto, assim, é a reunião de elementos abstrativos compreendidos em cada qual dos quatro momentos cujas famílias não apresentam nenhuma relação mútua especial. Sendo P, ainda, um momento qualquer, ou todo elemento abstrativo pertencente a um puncto dado jaz em P ou nenhum elemento abstrativo de tal puncto jaz em P.

Posição é a qualidade possuída por um elemento abstrativo em virtude dos momentos nos quais está compreendido. Os elementos abstrativos compreendidos no espaço instantâneo de um momento dado M diferenciam-se entre si pelos diversos outros momentos que interceptam M de modo a conter várias seleções desses elementos abstrativos. É essa diferenciação de elementos que constitui sua diferenciação de posição. Um elemento abstrativo pertencente a um puncto apresenta o tipo mais simples de posição em M, um elemento abstrativo pertencente a uma recta, mas não a um puncto, possui uma qualidade mais complexa de posição, um elemento abstrativo pertencente a um nível e não a uma recta tem uma qualidade ainda mais complexa de posição e, finalmente, a mais complexa qualidade de posição se verifica em um elemento abstrativo pertencente a um volume e não a um nível. Não definimos ainda, porém, o que é um volume. Tal definição será fornecida na próxima conferência.

Em sua qualidade de agregados infinitos, os níveis, rectas e punctos não podem, evidentemente, ser os termos da apreensão sensível, nem tampouco limites aos quais tende a apreensão sensível. Qualquer membro individual de um nível possui uma certa qualidade originada de seu caráter enquanto também pertencente a um determinado conjunto de momentos, porém o nivel como um todo é um simples conceito lógico sem nenhuma rota de aproximação pelas entidades apresentadas na apreensão sensível.

Por outro lado, uma partícula de evento é definida de modo a demonstrar esse caráter de constituir uma rota de aproximação assinalada pelas entidades apresentadas na apreensão sensível. Uma partícula de evento definida é definida em referência a um puncto definido da seguinte maneira: admitamos que a condição σ signifique a propriedade de cobrir todos os elementos abstrativos que são membros daquele puncto, de modo que um conjunto abstrativo que satisfaça a condição σ seja um conjunto abstrativo que cubra todo elemento abstrativo pertencente àquele puncto. Assim, a definição de partícula de evento associada ao puncto é a de que se trata do grupo de todos os σ-primos, em que σ possui esse significado particular.

É evidente que — com esse significado de σ — todo conjunto abstrativo equivalente a um σ-primo é, ele próprio, um σ-primo. Assim, uma partícula de evento tal como definida aqui é um elemento abstrativo, ou seja, é o grupo daqueles conjuntos abstrativos iguais, cada qual, a algum conjunto abstrativo dado. Se formulada por escrito, a definição de partícula de evento associada a algum puncto dado, ao qual chamaremos π, será a seguinte: a partícula de evento associada a π é o grupo de classes abstrativas no qual cada uma, sem exceção, apresenta as duas propriedades: (i) a de cobrir cada conjunto abstrativo em π e (ii) a de que todos os conjuntos abstrativos que também satisfazem a condição anterior quanto a π e que este cobre, também o cubram.

Uma partícula de evento tem posição devido à sua associação com um puncto; inversamente, de sua associação com a partícula de evento adquire o puncto seu caráter derivado como rota de aproximação. Esses dois caracteres de um ponto recorrem continuamente em qualquer tratado da derivação de um ponto a partir dos fatos observados da natureza, mas em geral não há um reconhecimento claro de sua distinção.

A peculiar simplicidade de um ponto instantâneo tem uma origem dupla, a primeira ligada à posição, isto é, a seu caráter de puncto, e a segunda ligada a seu caráter de partícula de evento. A simplicidade do puncto surge de sua indivisibilidade por um momento.

A simplicidade de uma partícula de evento surge da indivisibilidade de seu caráter intrínseco. O caráter intrínseco de uma partícula de evento é indivisível, no sentido de que todo conjunto abstrativo coberto pela mesma exibe o mesmo caráter intrínseco. Segue-se que, embora haja diferentes elementos abstrativos cobertos por partículas de evento, não há vantagem em considerá-los, uma vez que não se obtém nenhuma simplicidade adicional na expressão de propriedades naturais.

Esses dois caracteres de simplicidade de que estão investidos respectivamente as partículas de evento e os punctos definem um significado para as palavras de Euclides, "desprovido de partes e desprovido de magnitude".

Obviamente, convém varrer de nosso pensamento todos esses conjuntos abstrativos desgarrados cobertos por partículas de evento sem serem, eles próprios, membros destas. Nada nos oferecem de novo no sentido do caráter intrínseco. Portanto, podemos pensar em rectas e níveis como simples lugares geométricos de partículas de eventos. Ao fazê-lo, estamos também deixando de lado aqueles elementos abstrativos que cobrem conjuntos de partículas de eventos, sem que tais elementos sejam, eles próprios, partículas de evento. Existem classes desses elementos abstrativos que são de grande importância. Deverei considerá-las mais adiante nesta e em outras conferências. Por ora, vamos ignorá-las. Também me referirei sempre a "partículas de evento" de preferência a "punctos", um termo artificial pelo qual não tenho grande simpatia.

O paralelismo entre rectas e níveis torna-se agora explicável.

Considere-se o espaço instantâneo pertencente a um momento A e seja A pertencente à série temporal de momentos que denominarei α. Considere-se outra série temporal qualquer de momentos à qual chamarei β. Os momentos de β não se interseccionam mutuamente, mas interceptam o momento A em uma família de níveis. Nenhum desses níveis pode interseccionar outro: forma uma família de planos paralelos instantâneos no espaço instantâneo do momento A. Assim, o paralelismo de momentos em uma série temporal gera o paralelismo de níveis em um espaço instantâneo e daí — como é fácil perceber — o paralelismo de retas. Desse modo, a propriedade euclidiana do espaço nasce da propriedade parabólica do tempo. É possível que não haja razão alguma

O MÉTODO DA ABSTRAÇÃO EXTENSIVA 115

para se adotar uma teoria hiperbólica do tempo e uma correspondente teoria hiperbólica do espaço. Tal teoria ainda não foi desenvolvida e, portanto, não é possível julgar quanto ao caráter das evidências que se poderiam apresentar em seu favor.

A teoria da ordem em um espaço instantâneo é uma derivação imediata da ordem temporal. Consideremos, pois, o espaço de um momento M. Seja α o nome de um sistema temporal ao qual M não pertence. Sejam A_1, A_2, A_3, etc., momentos de α na ordem de suas ocorrências. Assim, A_1, A_2, A_3, etc., cortarão M nos níveis paralelos l_1, l_2, l_3, etc. Assim, a ordem relativa dos níveis paralelos no espaço de M é idêntica à ordem relativa dos momentos correspondentes no sistema temporal α. Qualquer recta de M que corte todos esses níveis em seu conjunto de punctos recebe por seus punctos, em conseqüência, uma ordem de posição em M. Então, a ordem espacial é derivativa da ordem temporal. Existem, além disso, sistemas temporais alternativos, mas uma única ordem espacial definida em cada espaço instantâneo. Por conseguinte, os diferentes modos de se derivar uma ordem espacial dos diversos sistemas temporais devem harmonizar-se com uma ordem espacial única em cada espaço instantâneo. Dessa forma, também é possível comparar diferentes ordens temporais.

Temos ainda duas grandes questões pendentes a serem elucidadas antes de nossa teoria do espaço estar plenamente ajustada. A primeira se refere à determinação dos métodos de dimensionamento intra-espaço, em outras palavras, à teoria da congruência do espaço. Veremos que o dimensionamento do espaço está intimamente ligado ao dimensionamento do tempo, com relação ao qual princípio algum foi determinado até agora. Portanto, nossa teoria da congruência será uma teoria referente tanto ao espaço como ao tempo. Em segundo lugar, existe a determinação do espaço atemporal correspondente a qualquer sistema temporal particular com seu conjunto infinito de espaços instantâneos em seus momentos sucessivos. Esse é o espaço — ou, antes, são esses os espaços — da ciência física. É muito comum desconsiderar esse espaço qualificando-o de conceitual. Não compreendo o sentido dessas palavras. Presumo que signifiquem que o espaço é a concepção de algo existente na natureza. Nesse sentido, se o espaço da ciência física for chamado de conceitual, pergunto, será o conceito de que fator da natureza? Por exemplo, quando falamos de um ponto no espaço atemporal da ciência física, presumo que estejamos nos referindo a algo existente na natureza. Se não é a isso que nos referimos, nossos cientistas estão investindo suas faculdades inteligentes nos domínios da pura fantasia, o que obviamente não é o caso. Essa exigência de um Ato de *Habeas Corpus* definido para a produção das entidades relevantes da natureza aplica-se tanto ao espaço relativo como ao absoluto. Talvez possa-se argumentar, em favor da teoria relativista do espaço, que não existe espaço atemporal para a ciência física, mas apenas a série momentânea de espaços instantâneos.

Deve-se pedir uma explicação, portanto, quanto ao significado da afirmação tão comum de que tal ou qual homem percorreu a pé quatro milhas num certo horário determinado. Como podemos medir a distância entre um espaço e outro espaço? Posso compreender o que seja locomover-se com base em um mapa de operações militares. Já o significado de se dizer que Cambridge às 10 horas da manhã de hoje, no espaço instantâneo pertinente àquele instante, encontra-se a 52 milhas de Londres às 11 horas da manhã de hoje, no espaço instantâneo pertinente àquele instante, foge totalmente à minha compreensão. Penso que quando um significado para essa afirmação houver sido apresentado, vocês perceberão que o que de fato construíram foi um espaço atemporal. O que não posso compreender é como produzir uma explicação desse significado sem, com efeito, fazer alguma construção do gênero. Posso acrescentar, ainda, que desconheço o modo como os espaços instantâneos são assim correlacionados no âmbito de um espaço único por qualquer método sugerido pelas teorias correntes do espaço.

Vocês terão observado que, com o concurso do pressuposto de sistemas temporais alternativos, estamos nos avizinhando de uma explicação do caráter do espaço. Para a ciência natural, "explicar" significa simplesmente descobrir "interligações". Em certo sentido, por exemplo, não existe explicação para o vermelho que enxergamos. É vermelho, e não há nada além a ser dito a seu respeito. Ou ele é apresentado diante de nós na apreensão sensível ou ignoramos a entidade vermelho. A ciência, todavia, explicou o vermelho, isto é, descobriu interligações entre o vermelho enquanto fator da natureza e outros fatores da natureza, por exemplo as ondas de luz, que são ondas de perturbações eletromagnéticas. Existem ainda múltiplos estados patológicos do organismo que conduzem à visão do vermelho sem a ocorrência de ondas luminosas. Descobriu-se, assim, ligações entre o vermelho tal como apresentado na apreensão sensível e diversos outros fatores da natureza. A descoberta dessas ligações constitui a explicação científica de nossa visão da cor. De modo semelhante, a dependência do caráter do espaço com relação ao caráter do tempo constitui uma explicação, no sentido em que a ciência busca fornecer explicações. O intelecto sistematizante abomina os simples fatos. O caráter do espaço foi apresentado até o momento presente como uma reunião de fatos simples, últimos e desconexos. A teoria que estou expondo põe fim a essa desconexão entre os fatos do espaço.

CAPÍTULO V

ESPAÇO E MOVIMENTO

O propósito desta conferência é dar prosseguimento à tarefa de explicar a construção dos espaços como abstrações derivadas dos fatos da natureza. Assinalamos, no encerramento da conferência passada, que a questão da congruência não havia sido ainda objeto de consideração, tampouco a construção de um espaço atemporal que estabelecesse a correlação entre os sucessivos espaços momentâneos de um sistema temporal dado. Foi também assinalada a existência de diversos elementos espaciais abstrativos que ainda não haviam sido objeto de definição. Consideraremos primeiro a definição de alguns desses elementos abstrativos, a saber, as definições de sólidos, áreas e rotas. Com o termo ''rota'' designo um segmento linear, quer retilíneo quer curvilíneo. A apresentação dessas definições e as explicações preliminares necessárias servirão, espero, como uma explicação geral da função das partículas de evento na análise da natureza.

Observamos que as partículas de evento são dotadas de ''posição'' com respeito umas às outras. Na conferência anterior, expliquei que "posição" era qualidade adquirida por um elemento espacial em virtude dos momentos em intersecção que o cobriam. É nesse sentido, portanto, que uma partícula de evento é dotada de posição. O modo mais simples de expressar a posição na natureza de uma partícula de evento é através da fixação inicial de um sistema temporal definido qualquer. Vamos chamá-lo de α. Haverá um momento da série temporal de α que cobrirá a partícula de evento dada. Assim, a posição da partícula de evento na série temporal de α é definida por esse momento, ao qual chamaremos M. A posição da partícula no espaço de M é então determinada da maneira usual, pelos três níveis que nela, e somente nela, se interseccionam. Tal procedimento de se determinar a posição de uma partícula de evento mostra que o agregado de partículas de evento forma um múltiplo quadridimensional. Um evento finito qualquer ocupa uma fatia limitada desse múltiplo em um sentido que passo a explicar agora.

Seja e um evento dado qualquer. O múltiplo de partículas de evento incide em três conjuntos com referência a e. Cada partícula de evento é um grupo de conjuntos abstrativos iguais e cada conjunto abstrativo direcionado para sua extremidade menor é composto de eventos finitos cada vez menores. Quando selecionamos, dentre esses eventos finitos que integram a composição de uma partícula de evento dada, aqueles suficientemente pequenos, um dentre três casos deverá ocorrer. Ou (i) todos esses pequenos eventos são inteiramente separados do evento dado e ou (ii) todos esses pequenos eventos são partes do evento e ou (iii) todos esses eventos se sobrepõem ao evento e, mas não constituem partes do mesmo. No primeiro caso, diremos que a partícula de evento "jaz exteriormente" ao evento *e*; no segundo caso, que a partícula de evento "jaz interiormente" ao evento *e*, e no terceiro caso, que a partícula de evento é uma "partícula limítrofe" do evento *e*. Existem, portanto, três conjuntos de partículas: o conjunto daquelas que jazem exteriormente ao evento *e*, o conjunto daquelas que jazem interiormente ao evento *e*, e o contorno do evento *e*, que é o conjunto de partículas limítrofes de *e*. Uma vez que um evento é quadridimensional, o contorno de um evento é um múltiplo tridimensional. Para um evento finito, há uma continuidade de contorno; para uma duração, o contorno consiste naquelas partículas de evento cobertas por qualquer um dos dois momentos limítrofes. O contorno de uma duração, portanto, consiste em dois espaços tridimensionais momentâneos. Diremos que um evento "ocupa" o agregado de partículas de evento compreendidas em seu interior.

Dizemos que dois eventos que apresentem "junção" — no sentido em que foi descrita a junção em minha conferência passada —, e que todavia estão separados, de sorte que nenhum evento se sobrepõe ao outro ou é parte deste, são "adjacentes".

Tal relação de adjacência determina uma relação peculiar entre os contornos dos dois eventos. Os dois contornos devem ter uma porção comum que é, na verdade, um lugar geométrico tridimensional contínuo de partículas de evento no múltiplo quadridimensional.

Um lugar geométrico tridimensional de partículas de evento, que é a porção comum dos contornos de dois eventos adjacentes, será denominado um "sólido". Um sólido pode estar ou não completamente compreendido em um momento. Um sólido que não esteja compreendido em algum momento será chamado de "errante". Chama-se "volume" a um sólido efetivamente compreendido em um momento. Podemos definir um volume como o lugar geométrico das partículas de evento no qual um momento cruza um evento, contanto que ambos efetivamente se interseccionem. A intersecção entre um momento e um evento consistirá, evidentemente, naquelas partículas de evento cobertas pelo momento e compreendidas no evento. A identidade das duas definições de volume torna-se evidente quando recordamos que, ao ser cortado por um momento, o evento se divide em dois eventos adjacentes.

Um sólido, segundo essa definição, quer se trate de um errante ou de um volume, é um mero agregado de partículas de evento a revelar uma determinada qualidade de posição. Também podemos definir um sólido como um elemento abstrativo. Para tanto, devemos recorrer à teoria dos primos explicada na conferência anterior. Seja a condição denominada σ representante do fato de que cada um dos eventos de qualquer conjunto abstrativo que a satisfaça possuirá todas as partículas de evento de algum sólido particular nele compreendido. Assim, o grupo de todos os σ-primos é o elemento abstrativo associado ao sólido dado. Chamarei a esse elemento abstrativo o sólido enquanto elemento abstrativo e ao agregado de partículas de evento o sólido enquanto lugar geométrico. Os volumes instantâneos em espaço instantâneo, que são os ideais de nossa percepção sensível, são volumes enquanto elementos abstrativos. Aquilo que realmente percebemos com todos os esforços que envidamos em busca da precisão são pequenos eventos situados a uma distância suficiente no sentido da extremidade menor de algum conjunto abstrativo pertencente ao volume enquanto elemento abstrativo.

É difícil saber até que ponto nos aproximamos de qualquer apreensão dos sólidos errantes. Seguramente não imaginamos fazer nenhuma aproximação tal. Nesse caso, porém, nossos pensamentos — no que tange aos indivíduos que efetivamente se ocupam dessas questões — de tal modo se encontram sob controle da teoria materialista da natureza que dificilmente valem como evidência. Se a teoria da gravitação de Einstein contém alguma verdade, os sólidos errantes são de grande importância para a ciência. O contorno todo de um evento finito pode ser encarado como exemplo particular de um sólido errante enquanto lugar geométrico. Sua peculiar propriedade de ser fechado impede que seja definível como um elemento abstrativo.

Quando um momento cruza um evento, divide também o contorno daquele evento. Esse lugar geométrico, que é a porção do contorno compreendida no momento, é a superfície limítrofe do volume correspondente daquele evento contido no momento. Trata-se de um lugar geométrico bidimensional.

O fato de todo volume possuir uma superfície limítrofe é a origem da continuidade dedekindiana[1] do espaço.

Outro evento pode ser cortado pelo mesmo momento em outro volume e este volume também terá seu con-

---
1. Referência ao matemático alemão Julius Wilhelm Richard Dedekind (1831-1916), autor, entre outras obras, de ''Continuidade e números irracionais'', de 1872. (N. T.)

torno. Os dois volumes no espaço instantâneo de um momento podem sobrepor-se mutuamente no modo familiar que não preciso explicar em detalhe e, assim, eliminar porções da superfície um do outro. Tais porções de superfícies são "áreas momentais".

É desnecessário, no presente estágio, nos embrenharmos pela complexidade de uma definição de áreas errantes. Sua definição parecerá simples o bastante quando o múltiplo quadridimensional de partículas de evento houver sido explorado mais amplamente no tocante a suas propriedades.

As áreas momentais podem, é evidente, ser definidas como elementos abstrativos, pelo mesmo método aplicado aos sólidos. Tudo o que devemos fazer é substituir "sólido" por "área" no enunciado da definição já apresentada. Assim também, exatamente como no caso análogo de um sólido, o que percebemos como uma aproximação a nosso ideal de área é um evento pequeno suficientemente distanciado no sentido da extremidade menor de um dos conjuntos abstrativos iguais pertencente à área como um elemento abstrativo.

Duas áreas momentais compreendidas no mesmo momento podem cortar uma à outra em um segmento momental não necessariamente retilíneo. Tal segmento também pode ser definido como um elemento abstrativo e receberá, então, o nome de "rota momental". Não nos deteremos em nenhuma consideração geral dessas rotas momentais, tampouco nos é importante passar à investigação ainda mais ampla das rotas errantes em geral. Existem, todavia, dois conjuntos simples de rotas cuja importância é vital. O primeiro é um conjunto de rotas momentais e o outro de rotas errantes. Ambos podem ser reunidos em uma única classe como rotas retilíneas. Passaremos à sua definição sem nenhuma referência às definições de volumes e superfícies.

Os dois tipos de rotas retilíneas serão chamados de rotas retilineares e estações. Rotas retilineares são rotas momentais, enquanto estações são rotas errantes. Rotas retilineares são rotas que, em certo sentido, estão contidas em rectas. Duas partículas de evento quaisquer situadas em uma recta definem o conjunto de partículas de evento compreendidas entre elas naquela recta. Admitamos que a satisfação da condição σ por um conjunto abstrativo signifique que as duas partículas de evento dadas e as partículas de evento compreendidas entre elas na recta estão todas compreendidas em cada evento pertencente ao conjunto abstrativo. O grupo de σ-primos, em que σ tem esse significado, forma um elemento abstrativo. Tais elementos abstrativos são rotas retilineares, segmentos de linhas retas instantâneas que constituem os ideais da percepção exata. Nossa percepção efetiva, por exata que seja, será a percepção de um evento pequeno, suficientemente distanciado no sentido da extremidade menor de um dos conjuntos abstrativos do elemento abstrativo.

Uma estação é uma rota errante; nenhum momento pode cruzar estação alguma em mais que uma partícula de evento. Uma estação, portanto, traz consigo uma comparação das posições, em seus respectivos momentos, das partículas de evento por ela cobertas. As rectas se originam da intersecção de momentos. Até agora, porém, não se fez menção a propriedades de eventos através das quais se possa descobrir qualquer lugar geométrico errante análogo.

O problema geral para nossa investigação consiste em determinar um método de comparação de posição em um espaço instantâneo com posições em outros espaços instantâneos. Podemos nos limitar aos espaços dos momentos paralelos de um sistema temporal. De que modo deverão ser comparadas as posições nesses diferentes espaços? Em outras palavras, o que entendemos por movimento? Eis a questão fundamental a ser levantada com respeito a qualquer teoria de espaço relativo e, a exemplo de diversas outras questões fundamentais, é grande a possibilidade de ficar sem resposta. Replicar que todos sabemos o que entendemos por movimento não é uma resposta. Claro que sabemos, no que tange à nossa apreensão sensível. Minha reivindicação é a de que nossa teoria de espaço deve investir a natureza de algo a ser observado. A questão não terá sido respondida com a apresentação de uma teoria segundo a qual nada existe a ser observado e reiterando, então, que, não obstante, observamos efetivamente tal fato inexistente. A menos que o movimento seja algo como um fato da natureza, a energia cinética, o momento e tudo quanto depende desses conceitos físicos evapora de nosso rol de realidades físicas. Mesmo nesta era revolucionária, meu conservadorismo se opõe frontalmente à identificação do conceito de momento com uma irrealidade.

Por conseguinte, parto do axioma de que o movimento é um fato físico. É algo que percebemos como existente na natureza. Movimento pressupõe repouso. Até o surgimento da teoria para perverter a intuição imediata, vale dizer, para perverter os julgamentos acríticos que decorrem imediatamente da apreensão sensível, ninguém punha em dúvida que, no movimento, deixamos para trás aquilo que se encontra em repouso. Em suas peregrinações, Abraão deixou seu rincão de origem onde este sempre estivera. Uma teoria do movimento e uma teoria do repouso representam a mesma coisa observada sob diferentes aspectos e com ênfases alteradas.

Ora, não podemos dispor de uma teoria do repouso sem admitir, em algum sentido, uma teoria da posição absoluta. Presume-se, de hábito, que o espaço relativo implica a inexistência de qualquer posição absoluta. O que, segundo minha doutrina, é um equívoco. O pressuposto nasce da incapacidade em se estabelecer outra distinção, a saber, a de que possam existir definições alternativas de posição absoluta. Tal possibilidade se introduz com a admissão de sistemas temporais alternativos. Assim, a série de espaços nos momentos paralelos de uma série temporal determinada pode ter sua própria definição de posição absoluta estabelecendo-se uma correlação entre conjuntos de partículas de eventos nesses espaços sucessivos, de modo que cada conjunto consista em partículas de evento, um de cada espaço, cada qual com a propriedade de processar a mesma posição absoluta naquela série de espaços. Um conjunto tal de partículas de evento formará um ponto no espaço atemporal daquele sistema temporal. Portanto, um ponto é, verdadeiramente, uma posição absoluta no espaço atemporal de um sistema temporal dado.

Existem, todavia, sistemas temporais alternativos e cada sistema temporal possui seu próprio grupo peculiar de pontos — ou seja, sua própria definição peculiar de posição absoluta. É essa exatamente a teoria que pretendo elaborar.

Ao se contemplar a natureza em busca de evidências de posições absolutas, será ocioso recorrer ao múltiplo quadridimensional de partículas de evento. Esse múltiplo foi obtido pela extensão do pensamento para além do imediatismo da observação. Nada encontraremos nele senão o que ali colocamos a fim de representar, no pensamento, as idéias originadas de nossa direta apreensão sensível da natureza. A fim de descobrir evidências das propriedades a serem encontradas no múltiplo de partículas de eventos, devemos sempre recorrer à observação das relações entre eventos. Nosso problema é determinar aquelas relações entre eventos que resultam na propriedade da posição absoluta em um espaço atemporal. Trata-se, na verdade, do problema da determinação do próprio significado dos espaços atemporais na ciência física.

Quando analisamos os fatores da natureza tais como imediatamente revelados na apreensão sensível, devemos observar o caráter fundamental do objeto da percepção do "estar aqui". Discernimos um evento meramente como fator de um complexo determinado no qual cada fator tem sua participação própria e característica.

Dois fatores há que são ingredientes constantes desse complexo: o primeiro é a duração, representada no pensamento pelo conceito de toda a natureza que se faz presente agora, e o segundo, o *locus standi* peculiar da mente envolvida na apreensão sensível. Esse *locus standi* da natureza é aquilo que, no pensamento, é representado pelo conceito de "aqui", isto é, de um "evento aqui".

Trata-se do conceito de um fator preciso da natureza. Tal fator é um evento que constitui o foco, na natureza, do ato da percepção, enquanto os demais eventos são percebidos em referência a ele. Tal evento é parte da duração associada e a ele chamarei "evento percipiente". Esse evento não é a mente, ou seja, não é o percipiente. É aquilo existente na natureza a partir do qual a mente percebe. A base completa da mente na natureza está representada por um par de eventos, quais sejam, a duração presente, que assinala o "quando" da percepção, e o evento percipiente, que assinala o "onde" da percepção e o "como" da percepção. Tal evento percipiente é, *grosso modo*, a vida corporal da mente encarnada. Mas essa é apenas uma identificação grosseira. Isso porque as funções corporais gradativamente se confundem com aquelas de outros eventos da natureza, de sorte que, para certas finalidades, o evento percipiente deve ser avaliado simplesmente como parte da vida corporal e, para outras, pode ser avaliado até mesmo como algo mais que a vida corporal. Sob vários aspectos, a demarcação é puramente arbitrária, dependendo de onde elegemos fixar limites em uma escala móvel.

Em minha conferência anterior sobre o Tempo, discuti a associação entre mente e natureza. A dificuldade da discussão reside numa propensão em se negligenciar certos fatores constantes. Jamais os percebemos pelo contraste com suas ausências. O propósito de uma discussão de tais fatores pode ser descrito como o de fazer com que coisas óbvias pareçam extraordinárias. Não podemos divisá-las a menos que logremos investi-las de algo do ineditismo decorrente da estranheza.

É em razão desse hábito de deixar os fatores constantes resvalarem consciência afora que constantemente incorremos no equívoco de considerar a apreensão sensível de algum fator particular da natureza uma relação binária entre a mente e o fator. Por exemplo, percebo uma folha verde. A linguagem dessa asserção suprime toda referência a quaisquer fatores outros que não a mente percipiente, a folha verde e a relação de apreensão sensível. A linguagem descarta os fatores óbvios e inevitáveis que constituem elementos essenciais da apreensão. Estou aqui, a folha está ali; e o evento aqui e o evento que é a vida da folha ali estão ambos imersos em uma totalidade da natureza que é agora, totalidade que abriga outros fatores os quais é irrelevante mencionar. Portanto, a linguagem amiúde defronta a mente com uma enganadora abstração da indefinida complexidade do fato da apreensão sensível.

O que pretendo discutir agora é a relação especial entre o evento percipiente que está "aqui" e a duração que é "agora". Tal relação é um fato da natureza, ou seja, a mente é cônscia da natureza enquanto imbuída desses dois fatores nessa relação.

No âmbito da breve duração presente, o "aqui" do evento percipiente tem um certo significado claro. Esse significado do "aqui" é o conteúdo da relação especial entre o evento percipiente e sua duração associada. Chamarei a essa relação "cogrediência". Busco, portanto, uma descrição do caráter da relação de cogrediência. O presente se rompe em um passado e um presente quando o "aqui" da cogrediência perde seu significado único e determinado. A natureza sofreu uma passagem do "aqui" da percepção compreendida na duração passada para o "aqui" diferente da percepção compreendida na duração presente. Contudo, os dois "aquis" da apreensão sensível compreendida em durações vizinhas talvez sejam indistinguíveis. Neste caso, verificou-se uma passagem do passado para o presente, embora uma força perceptiva mais retentiva pudesse ter retido a natureza passante como um presente único e completo, em lugar de permitir que a duração interior resvalasse passado adentro. Em outras palavras, o sentido de repouso contribui para a integração das durações em um presente prolongado, enquanto o sentido de movimento diferencia a natureza em uma sucessão de durações abreviadas. Ao olharmos para fora do vagão em um trem expresso, o presente passou antes que a reflexão pudesse capturá-lo. Vivemos em fragmentos demasiado velozes para o pensamento. Por outro lado, o presente imediato é prolongado segundo a natureza se apresente a nós sob um aspecto de repouso inquebrantável. Qualquer modificação na natureza dá margem à diferenciação entre durações, de modo a abreviar o presente. Existe, porém, uma grande distinção entre automodificação na natureza e modificação na natureza externa. A automodificação na natureza é uma alteração na qualidade do ponto de vista do evento percipiente. É o rompimento do "aqui", que torna indispensável o rompimento da duração presente. A mudança na natureza externa é compatível com um prolongamento do presente da contemplação radicada em um ponto de vista determinado. O que desejo salientar é que a preservação de uma relação peculiar com uma duração é uma condição necessária à função daquela duração enquanto duração presente para a apreensão sensível. Essa relação peculiar é a relação de cogrediência entre o evento percipiente e a duração. Cogrediência é a preservação de uma qualidade inquebrantável de ponto de vista no âmbito da duração. É o prolongamento da identidade de estação no âmbito da natureza como um todo, que é o termo da apreensão sensível. A duração pode compreender modificações internamente a si mesma, mas não pode — na medida em que é uma duração única presente — compreender modificações na qualidade de sua relação peculiar com o evento percipiente contido.

Em outras palavras, a percepção é sempre "aqui", e uma duração só pode ser postulada como presente para a apreensão sensível sob a condição de propiciar um significado único e inquebrantável do "aqui" em sua relação com o evento percipiente. Apenas no passado é possível termos estado "ali" com um ponto de vista diverso de nosso presente "aqui".

Os eventos ali e os eventos aqui são fatos da natureza e as qualidades de estar "ali" e "aqui" não são meras qualidades da apreensão enquanto uma relação entre natureza e mente. A qualidade de determinada estação na duração pertencente a um evento que se encontra "aqui", em um certo sentido do "aqui", é o mesmo tipo de qualidade de estação pertencente a um evento que se encontra "ali", em certo sentido do "ali". A cogrediência, portanto, nada tem a ver com algum caráter biológico do evento por ela relacionado à duração associada. Tal caráter biológico é aparentemente uma condição adicional para o vínculo peculiar entre um evento percipiente e a percipiência da mente; mas nada tem a ver com a relação entre o evento percipiente e a duração, que é o todo presente da natureza apresentado como a revelação da percipiência.

Dado seu caráter biológico indispensável, o evento, em seu caráter de evento percipiente, elege aquela duração com a qual o passado atuante do evento é praticamente cogrediente nos limites da exatidão da observação. Dito de outra forma, em meio aos sistemas temporais alternativos oferecidos pela natureza, haverá um cuja duração fornecerá a melhor média de cogrediência para todas as partes subordinadas do evento percipiente. Tal duração será a natureza como um todo, que é o termo apresentado pela apreensão sensível. Assim, o caráter do evento percipiente determina o sistema temporal de imediata evidência na natureza. À medida que o caráter do evento percipiente se modifica com a passagem da natureza — ou, em outras palavras, à medida que a mente percipiente em sua passagem estabelece uma correlação entre a passagem do evento percipiente e outro evento percipiente — o sistema temporal correlacionado com a percipiência daquela mente pode modificar-se. Quando o montante dos eventos percebidos são cogredientes em uma duração outra que não a do evento percipiente, a percipiência poderá incluir uma dupla consciência de cogrediência, a saber, a consciência do todo em cujo âmbito o obervador no trem se encontra "aqui" e a consciência do todo em cujo âmbito as árvores, pontes e postes telegráficos encontram-se definitivamente "ali". Assim, nas percepções sob determinadas circunstâncias, os eventos discriminados estipulam suas próprias relações de cogrediência. Tal estipulação de cogrediência é peculiarmente clara quando a duração com a qual o evento percebido é cogrediente é idêntica à duração que é o todo presente da natureza — em outras palavras, quando o evento e o evento percipiente são ambos cogredientes com a mesma duração.

Estamos agora preparados para considerar o significado das estações em uma duração, onde estas são uma espécie singular de rotas a definir uma posição absoluta no espaço atemporal associado.

Mas existem algumas explicações preliminares. Diremos que um evento finito se estende por toda uma duração quando é parte da duração e é cortado por qualquer momento compreendido na duração. Tal evento começa com a duração e termina com ela. Ora, todo evento que começa com uma duração e termina com a mesma, se estende por toda a duração. Tal axioma está baseado na continuidade dos eventos. Por iniciar com uma duração e terminar com ela, quero dizer que (i) o evento é parte da duração e (ii) os momentos limítrofes inicial e final da duração cobrem algumas partículas de evento situadas no contorno do evento.

Todo evento que é cogrediente com uma duração se estende por toda essa duração.

Não é verdade que todas as partes de um evento cogrediente com uma duração sejam também cogredientes com a duração. A relação de cogrediência pode deixar de se estabelecer de duas maneiras diferentes. Uma razão para tal pode ser a de que a parte não se estenda por toda a duração. Nesse caso, a parte pode ser cogrediente com outra duração que é parte da duração dada, embora não seja cogrediente com a duração dada em si. Tal parte seria cogrediente caso sua existência fosse suficientemente prolongada naquele sistema temporal. A outra razão para que não se estabeleça a cogrediência surge da extensão quadridimensional de eventos, de sorte a inexistir uma rota precisa de transição de eventos em uma série linear. Por exemplo, o túnel de um sistema metroviário é um evento em repouso em um determinado sistema temporal, vale dizer, é cogrediente com uma determinada duração. Um trem que o percorra é parte daquele túnel, mas ele próprio não está em repouso.

Se um evento *e* for cogrediente com uma duração *d*, e *d*' uma duração que é parte de *d*, *d*' pertencerá ao mesmo sistema temporal que *d*. Assim também, *d*' cruza *e* em um evento *e*' que é parte de *e* e cogrediente com *d*'.

Seja *P* uma partícula de evento qualquer compreendida em uma duração *d* dada. Considere-se o agregado de eventos em que *P* está compreendido e que também são cogredientes com *d*. Cada qual desses eventos ocupa seu próprio agregado de partículas de evento. Tais agregados terão uma parcela comum, a saber, a classe de partículas de evento que jaz em todos eles. Essa classe de partículas de evento é o que denomino "estação" da partícula de evento *P* na duração *d*. Trata-se da estação no caráter de um lugar geométrico. Uma estação pode também ser definida no caráter de um elemento abstrativo. Seja a propriedade σ a denominação da propriedade de que é dotado um conjunto abstrativo quando (i) cada qual de seus eventos é cogrediente com a duração *d* e (ii) a partícula de evento *P* está compreendida em cada qual de seus eventos. Assim, o grupo de σ-primos, onde σ possui esse significado, é um elemento abstrativo e constitui a estação de *P* em *d* enquanto elemento abstrativo. O lugar geométrico das partículas de evento cobertas pela estação de *P* em *d*, enquanto elemento abstrativo, é a estação de *P* em *d* enquanto lugar geométrico. Uma estação, por conseguinte, possui os três caracteres usuais, ou seja, seu caráter de posição, seu caráter extrínseco enquanto elemento abstrativo e seu caráter intrínseco.

Das propriedades peculiares do repouso segue-se que duas estações pertencentes à mesma duração não podem interseccionar-se. Por conseguinte, cada partícula de evento em uma estação de uma duração tem aquela estação como sua estação na duração. Assim também, toda duração que é parte de uma duração dada corta as estações da duração dada em lugares geométricos que são suas próprias estações. Por meio dessas propriedades podemos nos valer das sobreposições de durações de uma família — isto é, de um sistema temporal — para prolongar indefinidamente as estações para trás e para a frente. Essa estação prolongada será chamada de uma trilha de pontos. Uma trilha de pontos é um lugar geométrico de partículas de evento. É definida por referência a um sistema temporal particular, digamos α. Correspondente a qualquer outro sistema temporal, estas partículas formarão um grupo diferente de trilhas de pontos. Cada partícula de evento estará situada em uma, e uma única, trilha de pontos do grupo pertencente a qualquer sistema temporal. O grupo de trilhas de pontos de um sistema temporal α é o grupo de pontos do espaço atemporal de α. Cada um desses pontos indica uma certa qualidade de posição absoluta com referência às durações da família associada a α e, portanto, com referência aos sucessivos espaços instantâneos compreendidos nos sucessivos momentos de α. Cada momento de α corta uma trilha de pontos em uma, e uma única, partícula de evento.

Essa propriedade da intersecção única de um momento e uma trilha de pontos não se restringe ao caso em que o momento e a trilha de pontos pertencem ao mesmo sistema temporal. Quaisquer duas partículas de evento em uma trilha de pontos são seqüenciais, de sorte que não podem estar situadas no mesmo momento.

Por conseguinte, nenhum momento pode cortar uma trilha de pontos mais de uma vez e cada momento cruza uma trilha de pontos em uma única partícula de evento.

Qualquer um que, nos momentos sucessivos de α, se encontre nas partículas de evento em que tais momentos cruzam um ponto determinado de α, estará em repouso no espaço atemporal do sistema temporal α. Em qualquer outro espaço atemporal pertencente a algum outro sistema temporal, no entanto, ele estará em um ponto diferente a cada momento sucessivo daquele sistema temporal. Em outras palavras, ele estará em movimento. Estará se movendo em linha reta e velocidade uniforme. Poderíamos tomar isso como a definição de linha reta, ou seja, uma linha reta no espaço do sistema temporal β é o lugar geométrico daqueles pontos de β que atravessam, sem exceção, uma certa trilha de pontos, que é um ponto no espaço de algum outro sistema temporal. Portanto, cada ponto do espaço de um sistema temporal α está associado a uma, e uma única, linha reta do espaço de qualquer outro sistema temporal β. Verifica-se, desse modo, que o conjunto de linhas retas no espaço β assim associadas com pontos no espaço α forma uma família completa de linhas retas paralelas no espaço β. Existe, portanto, uma correlação de um-para-um entre os pontos no espaço α e as linhas retas de uma certa família definida de linhas paralelas no espaço β. Inversamente, existe uma correlação análoga de um-para-um entre os pontos do espaço β e as linhas retas de uma determinada família de linhas retas paralelas no espaço α. Tais famílias serão respectivamente denominadas a família de paralelas em β associadas com α e a família de paralelas em α associadas com β. A direção no espaço de β indicada pela família de paralelas em β será chamada de direção de α no espaço β, enquanto a família de paralelas em α será a direção de β no espaço α. Dessa forma, um ente em repouso em um ponto do espaço α estará se deslocando em movimento uniforme ao longo de uma linha no espaço β que se encontra na direção de α no espaço β, e um ente em repouso em um ponto do espaço β estará se deslocando em movimento uniforme ao longo de uma linha no espaço α que se encontra na direção de β no espaço α.

Estive falando de espaços atemporais associados a sistemas temporais. São esses os espaços da ciência física e de qualquer conceito de espaço como eterno e imutável. Mas aquilo que efetivamente percebemos é uma aproximação ao espaço instantâneo indicado por partículas de evento compreendidas em algum momento do sistema temporal associado à nossa apreensão. Os pontos de tal espaço instantâneo são partículas de evento e as linhas retas são rectas. Chamemos α ao sistema temporal e seja M o momento do sistema temporal α ao qual nossa apreensão instantânea da natureza se aproxima. Qualquer linha reta r do espaço α é um lugar geométrico de pontos e cada ponto é uma trilha de pontos que é um lugar geométrico de partículas de evento. Existe, portanto, na geometria quadridimensional de todas as partículas de evento, um lugar geométrico bidimensional que é o lugar geométrico de todas as partículas de evento existentes nos pontos compreendidos na linha reta r. Chamarei a esse lugar geométrico de partículas de evento a matriz da linha reta r. Uma matriz cruza qualquer momento de uma recta. Assim, a matriz de r corta o momento M em uma recta ρ. Portanto, ρ é a recta instantânea de M que ocupa, no momento M, a linha reta r no espaço de α. Assim sendo, quando se vê, instantaneamente, um ente em movimento e o caminho que o mesmo tem à frente, o que realmente se vê é o ente em alguma partícula de evento A compreendida na recta ρ, que é o caminho aparente mediante o pressuposto de um movimento uniforme. Mas a recta atual ρ, um lugar geométrico de partículas de evento, jamais é atravessada pelo ente. Essas partículas de evento são os fatos instantâneos que passam com o momento instantâneo. Efetivamente atravessadas são outras partículas de evento que, em instantes sucessivos, ocupam os mesmos pontos do espaço α que aqueles ocupados pelas partículas de evento da recta ρ. Por exemplo, avistamos um trecho de estrada e um caminhão a percorrê-lo. A estrada instantaneamente vista é uma porção da recta ρ — obviamente apenas uma aproximação desta. O caminhão é o objeto em movimento. Mas a estrada, tal como a vemos, jamais é atravessada. Nós a imaginamos como sendo atravessada porque os caracteres intrínsecos dos eventos mais recentes em geral de tal modo se assemelham àqueles da estrada instantânea que não nos damos ao trabalho de discriminá-los. Imaginemos, porém, que uma mina instalada sob a superfície da estrada tenha explodido antes da chegada do caminhão. Nesse caso, é óbvio que o caminhão não atravessará aquilo que vimos de início. Imaginemos que o caminhão se encontre em repouso no espaço β. Assim, a linha reta r do espaço α estará na direção de β no espaço α, enquanto a recta ρ estará representando a linha r do espaço α no momento M. A direção de ρ no espaço instantâneo do momento M é a direção de β em M, onde M é um momento do sistema temporal α. Outrossim, a matriz da linha *r* do espaço α será igualmente a matriz de uma certa linha *s* do espaço β que estará na direção de α no espaço β. Portanto, se o caminhão se detiver em um certo ponto *P* do espaço α compreendido na linha *r*, estará agora se deslocando pela linha *s* do espaço β. Esta é a teoria do movimento relativo; a matriz comum é o liame que liga o movimento de β no espaço α com os movimentos de α no espaço β.

O movimento é essencialmente uma relação entre algum objeto da natureza e o espaço atemporal único de um sistema temporal. Um espaço instantâneo é estático e está relacionado à natureza estática em um instante. Quando, na percepção, enxergamos coisas a se mover em uma aproximação a um espaço instantâneo, as linhas futuras de movimento tal como imediatamente percebidas são rectas jamais atravessadas. Essas rectas aproximativas são compostas de pequenos eventos, a saber, rotas aproximativas e partículas de evento que são deixadas para trás antes que os objetos em movimento as alcancem. Presumindo que nossos prognósticos de um movimento retilíneo estejam corretos, essas rectas ocupam as linhas retas do espaço atemporal que são atravessadas. As rectas, portanto, são símbolos da apreensão sensível imediata de um futuro que apenas permite ser expresso em termos de espaço atemporal.

Estamos agora em condições de explorar o caráter fundamental da perpendicularidade. Consideremos os dois sistemas temporais α e β, cada um com seu próprio espaço atemporal e sua própria família de momentos instantâneos com seus espaços instantâneos. Sejam *M* e *N*, respectivamente, um momento de α e um momento de β. M abriga a direção de B e N abriga a direção de α. Contudo, na condição de momentos de sistemas temporais diferentes, M e N se interseccionam em um nível. Chamemos a esse nível λ. Assim sendo, λ é um plano instantâneo no espaço instantâneo de M e no espaço instantâneo de N. Trata-se do lugar geométrico de todas as partículas de evento compreendidas tanto em M como em N.

No espaço instantâneo de M, o nível λ é perpendicular à direção de β em M e, no espaço instantâneo de N, o nível λ é perpendicular à direção de α em N. Tal é a propriedade fundamental que constitui a definição de perpendicularidade. A simetria da perpendicularidade é um caso particular de simetria das relações mútuas entre dois sistemas temporais. Verificaremos na próxima conferência que é dessa simetria que deriva a teoria da congruência.

A teoria da perpendicularidade no espaço atemporal de qualquer sistema temporal α decorre de imediato dessa teoria da perpendicularidade em cada um de seus espaços instantâneos. Sejam ρ uma recta qualquer no momento M de α e λ um nível em M perpendicular a ρ. O lugar geométrico desses pontos do espaço de α que cortam M em partículas de evento de ρ será a linha reta r do espaço α, e o lugar geométrico dos pontos do espaço de α que cortam M em partículas de evento em λ é o plano l do espaço α. Então, o plano l é perpendicular à linha r.

Dessa forma, logramos colocar em evidência as propriedades específicas e precisas da natureza correspondentes à perpendicularidade. Verificaremos que essa descoberta de propriedades singulares que definem a perpendicularidade é de suma importância para a teoria da congruência, que será o tema da próxima conferência.

Lamento que me tenha sido necessário administrar, nesta conferência, uma dose tão farta de geometria quadridimensional. Não estou me desculpando, pois realmente não sou responsável pelo fato de a natureza ser quadridimensional em seu aspecto mais fundamental. As coisas são como são; e seria ocioso encobrir o fato de que freqüentemente é difícil aos nossos intelectos seguir aquilo que "as coisas são". Furtar-se a tais obstáculos não passa de escapismo para com as questões últimas.

CAPÍTULO VI

CONGRUÊNCIA

A presente conferência tem por meta estabelecer uma teoria da congruência. É preciso que compreendam, de imediato, que a congruência é uma questão controversa. É a teoria do dimensionamento no espaço e no tempo. A questão parece simples. Na verdade, é simples a ponto de um ato parlamentar haver estabelecido um procedimento padrão — e a dedicação a sutilezas metafísicas é praticamente o único crime jamais imputado a nenhum parlamento inglês. Todavia, o procedimento é uma coisa e seu significado outra.

Inicialmente, voltemos nossa atenção para a questão puramente matemática. Quando o segmento entre dois pontos A e B é congruente com aquele entre dois pontos C e D, os dimensionamentos quantitativos dos dois segmentos serão iguais. A igualdade das medidas numéricas e a congruência dos dois segmentos nem sempre são claramente discriminadas, sendo ambas confundidas sob o termo igualdade. Contudo, o processo de dimensionamento pressupõe congruência. Por exemplo, uma medida em jardas é aplicada sucessivamente para se dimensionar duas distâncias entre dois pares de pontos no piso de uma sala. Faz parte da essência do processo de dimensionamento a condição de que a medida em jardas se mantenha inalterada ao ser transferida de uma posição para outra. Alguns objetos podem se alterar concretamente ao se movimentarem — um fio elástico, por exemplo; uma medida em jardas, todavia, caso executada com o material adequado, não irá se alterar. O que vem a ser isso senão um julgamento de congruência aplicado à série de posições sucessivas da medida em jardas? Sabemos que ela não se altera, pois julgamos que seja congruente consigo própria em diferentes posições. No caso do fio, podemos observar a perda de autocongruência. Assim, julgamentos imediatos de congruência são pressupostos no dimensionamento, sendo este meramente um processo para estender o reconhecimento da congruência a casos em que tais julgamentos imediatos não são possíveis. Portanto, não podemos definir congruência via dimensionamento.

Nas modernas formulações dos axiomas geométricos são estabelecidas determinadas condições que a relação de congruência entre segmentos deve satisfazer. Parte-se do pressuposto de que contamos com uma teoria completa de pontos, retas, planos e da ordem de pontos nos planos — na verdade, com uma teoria completa de geometria não-métrica. A seguir, investigamos acerca da congruência e estabelecemos o conjunto de condições — ou axiomas, como são chamados — que essa relação satisfaz. Foi provada, então, a existência de relações alternativas que satisfazem tais condições de modo igualmente satisfatório e que nada há de intrínseco na teoria do espaço que nos leve a adotar qualquer uma dessas relações de preferência a qualquer outra, como a relação de congruência por nós adotada. Em outras palavras, contamos com geometrias métricas alternativas que existem, sem exceção, por um idêntico direito, no que tange à teoria do espaço.

Poincaré, o grande matemático francês, sustentava que nossa escolha final entre essas geometrias é guiada puramente pela convenção e que o efeito de uma mudança de escolha seria apenas alterar nosso modo de expressar as leis físicas da natureza. Por "convenção" entendo que Poincaré quer dizer que nada existe de inerente na natureza a emprestar alguma *função* especial a alguma dessas relações de congruência e que a escolha de uma relação particular é guiada pelas volições da mente na extremidade oposta da apreensão sensível. O princípio que determina a escolha é a conveniência intelectual e não o fato natural.

Tal posição foi mal interpretada por diversos comentadores de Poincaré. Eles a confundiram com outra questão, a saber, a de que o caráter impreciso da observação determinaria a impossibilidade de se fazer uma avaliação precisa na comparação de medidas. Segue-se que é possível determinar um subconjunto de relações de congruência estreitamente afins, em que cada membro concorda de modo igualmente satisfatório com aquela avaliação de congruência observada, sempre que a avaliação inclua as devidas ressalvas quanto a seus limites de erro.

Essa é uma questão inteiramente diversa, que pressupõe uma rejeição à postura de Poincaré. A absoluta indeterminação da natureza com respeito a todas as relações de congruência é substituída pela indeterminação da observação com respeito a um pequeno subgrupo dessas relações.

A postura de Poincaré é enérgica. Ele, com efeito, desafia qualquer um a apontar algum fator na natureza que confira uma condição de primazia à relação de congruência efetivamente adotada pela humanidade. Sem dúvida, porém, trata-se de uma posição bastante paradoxal. Bertrand Russell teve uma controvérsia com o matemático francês nessa questão e observou que, segundo os princípios de Poincaré, nada havia na natureza que determinasse se a terra é maior ou menor que uma bola de bilhar qualquer. Poincaré respondeu que a tentativa de se encontrar, na natureza, razões para a escolha de uma relação específica de congruência no espaço é semelhante a se tentar determinar a posição de um navio em alto-mar através da contagem do número de tripulantes ou da observação da cor dos olhos do capitão.

A meu ver, ambos os contendores estavam corretos, levando-se em conta os fundamentos em que assentava a discussão. Russell na verdade apontava que, à parte inexatidões menores, verifica-se uma determinada relação de congruência entre os fatores da natureza a nós apresentados por nossa apreensão sensível. Poincaré pede informações quanto ao fator da natureza que poderia levar qualquer relação de congruência a desempenhar uma *função* proeminente entre os fatores apresentados na apreensão sensível. Se for admitida a teoria materialista da natureza, não consigo ver a resposta a nenhum desses pontos sustentados na controvérsia. Com essa teoria, a natureza em um instante no espaço é um fato independente. Assim, devemos buscar nossa relação primaz de congruência em meio à natureza no espaço instantâneo; e Poincaré sem dúvida está correto ao afirmar que, com essa hipótese, a natureza em nada nos ajuda a encontrá-la.

Russell, por outro lado, se coloca em uma posição igualmente enérgica quando afirma que, enquanto fato da observação, nós efetivamente a encontramos e, mais ainda, concordamos em encontrar a mesma relação de congruência. Com base nisso, é um dos fatos mais extraordinários da experiência humana o de que a humanidade inteira, sem nenhuma razão identificável, concorde em fixar a atenção em uma única relação de congruência em meio ao infinito número de competidores que disputam atenção. Seria de esperar que uma discórdia nessa escolha fundamental promovesse a cisão de nações e o desmembramento de famílias. Todavia, a dificuldade nem sequer foi descoberta até fins do século XIX, por uma meia dúzia de filósofos matemáticos e matemáticos filosóficos. O caso não se assemelha à nossa concordância com respeito a algum fato fundamental da natureza, como as três dimensões do espaço. Se o espaço possui apenas três dimensões, seria de esperar que a humanidade inteira tivesse consciência do fato, como efetivamente se dá. No caso da congruência, porém, a humanidade concorda em uma interpretação arbitrária da apreensão sensível quando nada existe na natureza a determiná-la.

Considero um ponto favorável, e nada desprezível, da teoria da natureza que lhes estou expondo, o oferecimento, por esta teoria, de uma solução a essa dificuldade, ao indicar o fator da natureza que resulta na primazia de uma relação de congruência determinada sobre a indefinida profusão de outras relações congêneres.

A razão desse resultado é que a natureza não mais se encontra confinada ao espaço em um instante. Espaço e tempo estão agora interligados; e esse fator peculiar do tempo, tão imediatamente distinguível entre as revelações de nossa apreensão sensível, relaciona-se a uma relação de congruência particular no espaço.

A congruência é um exemplo particular do fato fundamental do reconhecimento. Na percepção, nós reconhecemos. Tal reconhecimento não se refere meramente à comparação de um fator da natureza apresentado pela memória com um fator apresentado pela apreensão sensível imediata. O reconhecimento tem lugar no âmbito do presente, sem intervenção alguma da pura memória. Isso porque o fato presente é uma duração com suas durações antecedentes e conseqüentes, que são partes de si própria. A discriminação, na apreensão sensível, de um evento finito com sua qualidade de passagem também é acompanhada pela discriminação de outros fatores da natureza que não participam da passagem de eventos. Tudo quanto passa é um evento. Todavia, encontramos na natureza entidades que não passam, ou seja, reconhecemos a permanência na natureza. O reconhecimento não é fundamentalmente um ato intelectual de comparação; é, em sua essência, mera apreensão sensível em sua capacidade de colocar diante de nós fatores não passageiros da natureza. Por exemplo, o verde é percebido como situado em um determinado evento finito contido na duração presente. Esse verde preserva sua identidade do início ao fim, enquanto o evento passa e em conseqüência disso adquire a propriedade de romper-se em partes. A porção verde é composta de partes. Porém, ao falarmos da porção verde, estamos nos referindo ao evento em sua capacidade única de constituir para nós a situação do verde. O verde em si é, numericamente, uma entidade única, idêntica a si mesma e desprovida de partes porque desprovida de passagem.

Os fatores da natureza desprovidos de passagem serão chamados objetos. Existem espécies radicalmente diversas de objetos, o que será considerado na próxima conferência.

O reconhecimento é refletido no intelecto como comparação. Os objetos reconhecidos de determinado evento são comparados com os objetos reconhecidos de outro evento. A comparação pode se dar entre dois eventos do presente ou entre dois eventos dos quais um é apresentado pela apreensão na memória e outro pela apreensão sensível imediata. Entretanto, não é entre eventos que se dá a comparação, uma vez que cada evento é essencialmente único e incomparável. Dá-se a comparação entre objetos e relações de objetos situados nos eventos. O evento considerado enquanto relação entre objetos perdeu sua passagem e, sob esse aspecto, é em si mesmo um objeto. Tal objeto não é o evento, mas tão-somente uma abstração intelectual. O mesmo objeto pode estar situado em múltiplos eventos e, nesse sentido, até mesmo o evento como um todo, visto enquanto objeto, pode recorrer, embora não o próprio evento em si com sua passagem e suas relações com outros eventos.

Objetos não apresentados pela apreensão sensível podem ser conhecidos para o intelecto. Por exemplo, relações entre objetos e relações entre relações podem ser fatores da natureza não revelados na apreensão sensível, mas conhecidos, por inferência lógica, como necessariamente existentes. Portanto, os objetos de nosso conhecimento podem ser meras abstrações lógicas. Por exemplo, um evento completo jamais é revelado na apreensão sensível e, portanto, o objeto que constitui a soma total de objetos situados em um evento assim inter-relacionado não passa de um conceito abstrato. Da mesma forma, um ângulo reto é um objeto percebido capaz de ser localizado em múltiplos eventos; mas, embora a retangularidade seja apresentada pela apreensão sensível, a maioria das relações geométricas não é apresentada dessa forma. Na verdade, com freqüência a retangularidade não é percebida, embora se possa comprovar que estivesse presente para a apreensão. Assim, um objeto é conhecido amiúde simplesmente como uma relação abstrata não apresentada diretamente na apreensão sensível, embora esteja presente na natureza.

A identidade de qualidade entre segmentos congruentes geralmente possui esse caráter. Em determinados casos especiais, essa identidade de qualidade pode ser percebida diretamente. Em geral, porém, é inferida por um processo de dimensionamento que depende de nossa direta apreensão sensível de casos selecionados e de uma inferência lógica com base no caráter transitivo da congruência.

A congruência depende do movimento, e por intermédio deste gera-se a ligação entre congruência espacial e congruência temporal. O movimento ao longo de uma linha reta possui uma simetria em torno dessa linha. A simetria é expressa pelas relações geométricas simétricas da linha com a família de planos normais à mesma.

Outra simetria na teoria do movimento surge do fato de o repouso nos pontos de β corresponder a um movimento uniforme ao longo de uma família definida de retas paralelas no espaço de α. Devemos observar as três características — (i) da uniformidade do movimento correspondente a qualquer ponto de β ao longo de sua reta correlata em α, (ii) da igualdade em magnitude das velocidades ao longo das diversas linhas de α correlacionadas ao repouso nos diversos pontos de β, e (iii) do paralelismo entre as retas dessa família.

Estamos agora de posse de uma teoria de paralelas, uma teoria de perpendiculares e uma teoria do movimento, a partir das quais pode-se erigir uma teoria da congruência. Deve-se lembrar que uma família de níveis paralelos em um momento qualquer é a família de níveis na qual aquele momento é cortado pela família de momentos de um outro sistema temporal qualquer. Por sua vez, uma família de momentos paralelos é a família de momentos de um determinado sistema temporal. Assim, podemos ampliar nosso conceito de uma família de níveis paralelos de modo a incluir níveis em diferentes momentos de um determinado sistema temporal. Com esse conceito ampliado, dizemos que uma família completa de níveis paralelos em um sistema temporal α é a família completa de níveis na qual os momentos de α fazem intersecção com os momentos de β. Essa família completa de níveis paralelos evidentemente também é uma família compreendida nos momentos do sistema temporal β. A introdução de um terceiro sistema temporal λ determina a obtenção de rectas paralelas. Além disso, todos os pontos de qualquer sistema temporal determinado formam uma família de trilhas de pontos paralelas. Existem, portanto, três tipos de paralelogramos no múltiplo quadridimensional de partículas de evento.

Nos paralelogramos do primeiro tipo, os dois pares de lados paralelos são, ambos, pares de rectas. Nos paralelogramos do segundo tipo, um dos pares de lados paralelos é um par de rectas, enquanto o outro é um par de trilhas de pontos. Nos paralelogramos do terceiro tipo, ambos os pares de lados paralelos são pares de trilhas de pontos.

O primeiro axioma da congruência é o de que são congruentes os lados opostos de qualquer paralelogramo. Tal axioma permite-nos comparar o comprimento de dois segmentos quaisquer, estejam eles respectivamente em rectas paralelas ou na mesma recta. Permite-nos ainda comparar o comprimento de dois segmentos quaisquer, estejam eles respectivamente em trilhas de pontos paralelas ou na mesma trilha de pontos. Segue-se, desse axioma, que dois objetos em repouso em dois pontos quaisquer de um sistema temporal β movem-se com velocidades iguais em qualquer outro sistema temporal α ao longo de linhas paralelas. Podemos, assim, falar da velocidade em α devida ao sistema temporal β, sem especificar nenhum ponto particular em β. O axioma também nos permite medir o tempo em qualquer sistema temporal, embora não nos permita comparar tempos em sistemas temporais diferentes.

O segundo axioma da congruência refere-se a paralelogramos de bases congruentes e entre as mesmas paralelas, que apresentam também seus outros pares de lados paralelos. O axioma afirma que a recta que une as duas partículas de evento da intersecção das diagonais é paralela à recta em que estão situadas as bases. Com o concurso desse axioma, segue-se imediatamente que as diagonais de um paralelogramo dividem-se mutuamente ao meio.

Em qualquer espaço, a congruência se estende, para além das rectas paralelas, às rectas em geral, através de dois axiomas que dependem da perpendicularidade. O primeiro desses axiomas, o terceiro axioma da congruência, é o de que se ABC é um triângulo de rectas em um momento qualquer e D é a partícula de evento intermediária da base BC, o nível que passa por D perpendicularmente a BC contém A quando, e somente quando, AB é congruente com AC. Esse axioma evidentemente expressa a simetria da perpendicularidade e é a essência do célebre *pons asinorum* expresso como um axioma.

O segundo axioma dependente da perpendicularidade, e o quarto da congruência, é o de que: sendo r e A uma recta e uma partícula de evento no mesmo momento, sendo AB e AC um par de rectas retangulares a cruzar r em B e C, e sendo AD e AE outro par de rectas retangulares a cortar r em D e E, teremos que ou E ou D está compreendida no segmento BC, enquanto a outra das duas não está contida em tal segmento. Temos ainda, como caso particular desse axioma, que: sendo AB perpendicular a r e, em conseqüência, AC paralelo a r, então D e E estarão situados respectivamente em lados opostos de B. Com o concurso desses dois axiomas, a teoria da congruência pode ser estendida de modo a comparar o comprimento de segmentos de qualquer par de rectas. Por conseguinte, a geometria métrica euclidiana no espaço está completamente estabelecida, sendo possível a comparação de comprimentos nos espaços de diferentes sistemas temporais, como resultado de propriedades definidas da natureza que indicam exatamente esse método particular de comparação.

A comparação de dimensionamentos do tempo em diferentes sistemas temporais requer dois axiomas adicionais. O primeiro desses axiomas, que constitui o quinto axioma da congruência, receberá o nome de axioma da "simetria cinética". Ele expressa a simetria das relações quantitativas entre dois sistemas temporais quando os tempos e os comprimentos nos dois sistemas são medidos em unidades congruentes.

O axioma pode ser explicado da seguinte maneira: sejam α e β os nomes de dois sistemas temporais. A direção do movimento no espaço de α devido ao repouso em um ponto de β é chamada de "direção β em α" e a direção do movimento no espaço de β devido ao repouso em um ponto de α é chamada de "direção α em β". Considere-se um movimento no espaço de α que consista em uma determinada velocidade na direção β de α e uma certa velocidade em ângulos retos com relação à mesma. Esse movimento representa repouso no espaço de outro sistema temporal — vamos chamá-lo de π. O repouso em π também será representado no espaço de β por uma determinada velocidade na direção α em β e uma determinada velocidade em ângulos retos com relação a essa direção α. Assim, um certo movimento no espaço de α está correlacionado a certo movimento no espaço de β, com ambos representando o mesmo fato, que também pode ser representado por repouso em π. É possível, ainda, encontrarmos outro sistema temporal, a que denominarei σ, e que é tal que o repouso em seu espaço é representado pelas mesmas grandezas de velocidades ao longo da, e perpendiculares à, direção α em β que aquelas velocidades em α, ao longo da, e perpendiculares à direção β, que representam repouso em π. O requerido axioma da simetria cinética é o de que o repouso em σ será representado em α pelas mesmas velocidades ao longo da, e perpendiculares à, direção β em α que aquelas velocidades em β ao longo da, e perpendiculares à, direção α, que representam repouso em π.

Um caso particular desse axioma é aquele em que as velocidades relativas são iguais e opostas. Em outras palavras, o repouso em α é representado em β por uma velocidade ao longo da direção α, que é igual à velocidade ao longo da direção β em α que representa repouso em β.

Finalmente, o sexto axioma de congruência é o da transitividade da relação de congruência. No que tange à aplicação desse axioma ao espaço, o mesmo é supérfluo, pois a propriedade segue-se de nossos axiomas anteriores. Contudo, é necessário para o tempo, enquanto complemento ao axioma da simetria cinética. O significado do axioma é o de que se a unidade de tempo do sistema α é congruente com a unidade de tempo do sistema β e a unidade de tempo do sistema β é congruente com a unidade de tempo do sistema γ, também serão congruentes as unidades de tempo de α e γ.

Esses axiomas tornam possível a dedução de fórmulas para a transformação dos dimensionamentos efetuados em um determinado sistema temporal para dimensionamentos dos mesmos fatos da natureza em outro sistema temporal. Verificaremos que tais fórmulas envolvem uma constante arbitrária, à qual chamarei k.

Suas dimensões equivalem ao quadrado de uma velocidade. Conseqüentemente, quatro casos se apresentam. No primeiro caso, k é zero. Esse caso produz resultados absurdos, que contradizem os dados elementares da experiência. Vamos deixá-lo de lado.

No segundo caso, k é infinito. Esse caso resulta nas fórmulas comuns para transformação em movimento relativo, ou seja, as fórmulas encontradas em qualquer livro elementar de dinâmica.

No terceiro caso, k é negativo. Vamos chamá-lo de c^2, onde c terá as dimensões de uma velocidade. Esse caso resulta nas fórmulas de transformação descobertas por Larmor para a transformação das equações do campo eletromagnético de Maxwell. Tais fórmulas foram desdobradas por H. A. Lorentz e empregadas por Einstein e Minkowski como a base de sua nova teoria da relatividade. Não me refiro aqui à mais recente teoria de Einstein, a da relatividade geral, por cujo intermédio ele deduz sua modificação da lei da gravitação. Em sendo este o caso que se aplica à natureza, c deve ser estreitamente próximo à velocidade da luz *in vacuo*. Talvez se trate dessa própria velocidade. Nesse sentido, "in vacuo" não deve significar uma ausência de eventos, ou seja, a ausência do éter de eventos que a tudo permeia. Deve significar a ausência de determinados tipos de objetos.

No quarto caso, k é positivo. Vamos chamá-lo de h^2, onde h terá as dimensões de uma velocidade. Este caso redunda em um tipo perfeitamente possível de fórmulas de transformação, mas que não explica nenhum fato da experiência. Há nele outra desvantagem. Tomando este quarto caso como pressuposto, a distinção entre espaço e tempo torna-se indevidamente obscurecida. O objetivo geral destas conferências tem sido o de defender a doutrina de que espaço e tempo têm sua origem em uma raiz comum e que o fato último da experiência é um fato espaço-temporal. Em última análise, todavia, a humanidade inteira distingue muito claramente entre espaço e tempo, e é graças a essa clareza de distinção que a doutrina destas conferências é algo paradoxal. Note-se que, no terceiro pressuposto, essa clareza de distinção está devidamente preservada. Existe uma distinção fundamental entre as propriedades métricas de trilhas de pontos e rectas. No quarto pressuposto, contudo, essa distinção fundamental desaparece.

Nem o terceiro nem o quarto pressuposto podem concordar com a experiência, a menos que admitamos que a velocidade c do terceiro pressuposto e a velocidade h do quarto pressuposto são extremamente altas, se comparadas às velocidades da experiência ordinária. Nesse caso, as fórmulas de ambos os pressupostos verse-ão obviamente reduzidas a uma estreita aproximação com as fórmulas do segundo pressuposto, que são as fórmulas comuns dos livros didáticos de dinâmica. A título de classificação, chamarei essas fórmulas encontradas nos livros didáticos de fórmulas ''ortodoxas''.

Não pode haver dúvidas quanto à genérica correção aproximada das fórmulas ortodoxas. Seria simples tolice levantar dúvidas a esse respeito. Mas a determinação do *status* dessas fórmulas de modo algum fica estabelecida por essa admissão. A independência entre tempo e espaço é um pressuposto inquestionável do pensamento ortodoxo que produziu as fórmulas ortodoxas. Com esse pressuposto e dados os pontos absolutos de um espaço absoluto determinado, as fórmulas ortodoxas são deduções imediatas. Por conseguinte, tais fórmulas são-nos apresentadas em nossa imaginação como fatos que não podem se dar de modo diferente, sendo o tempo e o espaço o que são. As fórmulas ortodoxas adquiriram, portanto, o *status* de necessidades inquestionáveis na ciência. Qualquer tentativa de substituir essas fórmulas por outras significava abandonar a *função* da explicação física e recorrer a meras fórmulas matemáticas.

Mesmo a ciência física, entretanto, assistiu ao acúmulo de dificuldades em torno das fórmulas ortodoxas. Em primeiro lugar, as equações do campo eletromagnético de Maxwell não são invariáveis mediante as transformações das fórmulas ortodoxas, ao mesmo tempo em que são invariáveis mediante as transformações das fórmulas resultantes do terceiro dos quatro casos mencionados acima, contanto que a velocidade c seja identificada com uma célebre quantidade eletromagnética constante.

Assim, os resultados nulos dos minuciosos experimentos para se detectar as variações do movimento da Terra pelo éter em sua trajetória orbital são imediatamente explicados pelas fórmulas do terceiro caso. Contudo, se adotamos as fórmulas ortodoxas, devemos adotar uma hipótese especial e arbitrária quanto à contração da matéria durante o movimento. Refiro-me à hipótese de Fitzgerald-Lorentz[1].

Por fim, o coeficiente de arrasto de Fresnel, que representa a variação da velocidade da luz em um móvel animado, é explicado pelas fórmulas do terceiro caso e

---

1. "Todo corpo se contrai na direção de sua velocidade." (N. T.)

requer outra hipótese arbitrária caso empreguemos as fórmulas ortodoxas.

Parece portanto que, do ponto de vista da simples explicação física, as fórmulas do terceiro caso são mais vantajosas se comparadas às fórmulas ortodoxas. Todavia, o caminho está bloqueado pela crença arraigada de que essas fórmulas ortodoxas possuem um caráter de necessidade. Assim, é um urgente requisito da ciência física e da filosofia o exame crítico dos fundamentos dessa suposta necessidade. O único método seguro de investigação é recorrer aos princípios originários de nosso conhecimento da natureza. É exatamente isso o que estou buscando fazer nestas conferências. Indago o que vem a ser aquilo que percebemos em nossa percepção sensível da natureza. Em seguida, passo a examinar aqueles fatores da natureza que nos induzem a conceber que a natureza ocupe espaço e persista ao longo do tempo. Tal procedimento conduziu-nos a uma investigação dos caracteres do espaço e do tempo. Resulta dessas investigações que as fórmulas do terceiro caso e as fórmulas ortodoxas ocupam um certo patamar enquanto fórmulas possíveis, resultantes do caráter básico de nosso conhecimento acerca da natureza. As fórmulas ortodoxas perderam, assim, toda e qualquer vantagem em termos da condição de necessidade de que desfrutavam sobre o grupo serial. O caminho está aberto, portanto, para a adoção de qualquer um dentre os dois grupos que revele maior concordância com a observação.

Aproveito esta oportunidade para fazer uma pausa momentânea no curso de minha argumentação e refletir acerca do caráter geral atribuído por minha doutrina a alguns conceitos familiares da ciência. Não tenho dúvidas de que alguns de vocês consideraram tal caráter extremamente paradoxal sob determinados aspectos.

Esse cunho paradoxal deve-se parcialmente ao fato de a linguagem douta ter sido levada a conformar-se à teoria ortodoxa predominante. Ao expormos uma doutrina alternativa, portanto, somos levados a lançar mão quer de termos estranhos quer de termos conhecidos em acepções não usuais. Essa vitória da teoria ortodoxa sobre a linguagem é bastante natural. Os eventos são nomeados segundo os objetos proeminentes neles situados e, assim, tanto na linguagem como no pensamento, o evento submerge por trás do objeto, tornando-se o mero jogo de suas relações. A teoria do espaço converte-se, então, em uma teoria das relações entre objetos, em lugar de uma teoria das relações entre eventos. Os objetos, contudo, são isentos da passagem de eventos. Por conseguinte, o espaço, enquanto relação entre objetos, está privado de qualquer ligação com o tempo. É o espaço em um instante sem nenhuma relação específica entre os espaços em instantes sucessivos. Não pode ser um espaço único e atemporal porque as relações entre objetos se modificam.

Alguns instantes atrás, ao falar da dedução das fórmulas ortodoxas referentes ao movimento relativo, afirmei que estas se seguiam como uma dedução imediata do pressuposto de pontos absolutos em um espaço absoluto. Tal menção ao espaço absoluto não foi uma negligência. Bem sei que a doutrina da relatividade do espaço domina atualmente o campo tanto da ciência como da filosofia. Não creio, porém, que suas conseqüências inevitáveis sejam compreendidas. Quando de fato nos defrontamos com elas, o paradoxo na apresentação do caráter do espaço por mim elaborada se reduz sensivelmente. Se não existe uma posição absoluta, um ponto deverá deixar de ser uma simples entidade. O que para um homem em um balão, olhos fixos em um instrumento, é um ponto, será uma trilha de pontos para um observador postado na Terra a observar o balão por meio de um telescópio, e uma trilha de pontos diversa para um observador colocado no Sol a observar o balão por meio de algum instrumento condizente a um ser tal. Assim sendo, aos que me censuram pelo paradoxo de minha teoria dos pontos como classes de partículas de evento e por minha teoria das partículas de evento como grupos de conjuntos abstrativos, peço que expliquem exatamente o que entendem por ponto. Ao explicar o que entendemos por alguma coisa qualquer, por mais simples que seja, a explicação sempre tende a parecer engenhosa e bem urdida. Pelo menos expliquei exatamente o que entendo por um ponto, que relações este envolve e quais entidades são os termos relacionais. Se admitirem a relatividade do espaço, vocês deverão admitir também que os pontos são entidades complexas, construções lógicas que envolvem outras entidades e suas relações. Apresentem sua teoria, não em meia dúzia de frases vagas e de significado impreciso, mas expliquem-na passo a passo em termos precisos, referindo-se a relações específicas entre termos específicos. Demonstrem, ainda, que sua teoria de pontos resulta em uma teoria do espaço. Além disso, observem que o exemplo do homem no balão, o observador colocado na Terra e o observador colocado no Sol mostra que cada pressuposto de um repouso relativo requer um espaço atemporal com pontos radicalmente diversos daqueles decorrentes de qualquer outro pressuposto congênere. A teoria da relatividade do espaço é inconsistente com qualquer doutrina de um conjunto único de pontos em um espaço atemporal.

O fato é que não existe paradoxo algum em minha doutrina da natureza do espaço que não seja, em essência, inerente à teoria da relatividade do espaço. Essa doutrina, no entanto, jamais foi aceita pela ciência, digam o que disserem as pessoas. O que figura em nossos tratados de dinâmica é a doutrina newtoniana do movimento relativo baseada na doutrina do movimento diferencial no espaço absoluto. Uma vez admitido que os pontos são entidades radicalmente diversas mediante diferentes hipóteses de repouso, as fórmulas ortodoxas perdem toda sua obviedade. Elas apenas eram óbvias porque estávamos, na verdade, pensando em outra coisa. Ao discutir esse tema, somente podemos evitar o paradoxo refugiando-nos da torrente de desaprovação na cômoda arca da ausência de sentido.

A nova teoria fornece uma definição da congruência de períodos de tempo. A doutrina dominante não fornece tal definição. Sua posição é a de que se adotamos medições de tempo tais que determinadas velocidades familiares que nos parecem uniformes se mostrem uniformes, as leis do movimento serão válidas. Ora, em primeiro lugar, mudança alguma poderia se manifestar, quer como uniforme ou não-uniforme, sem envolver uma precisa determinação da congruência entre períodos de tempo. Assim, ao apelar para fenômenos familiares, a doutrina dominante admite a existência de algum fator na natureza ao qual podemos elaborar intelectualmente como uma teoria da congruência. Todavia, ela não faz menção alguma a esse respeito, exceto a de que as leis do movimento são, afinal de contas, corretas. Suponhamos que, através de alguns comentadores teóricos, eliminemos a referência a velocidades familiares como a de rotação da Terra. Somos levados a admitir, então, que não existe o menor significado na congruência temporal, exceto o de que determinadas hipóteses conferem verdade às leis do movimento. Tal asserção é historicamente falsa. O rei Alfredo o Grande ignorava as leis do movimento, mas sabia perfeitamente o que entendia por dimensionamento do tempo, e alcançou seu propósito via queima de velas. Da mesma forma, ninguém em eras passadas justificou o uso de areia nas ampulhetas dizendo que alguns séculos à frente se assistiria à descoberta de curiosas leis do movimento que emprestariam um significado à afirmação de que a areia era esvaziada dos bulbos em tempos iguais. A uniformidade na mudança é diretamente perceptível, donde se segue que a humanidade percebe, na natureza, fatores a partir dos quais é possível a formação de uma teoria de congruência temporal. A doutrina predominante se mostra totalmente incapaz de designar tais fatores.

A menção às leis do movimento levanta outro ponto acerca do qual a teoria predominante nada tem a dizer e no qual a nova teoria oferece uma explicação completa. É largamente sabido que as leis do movimento não são válidas para todo e qualquer eixo referencial que venhamos a adotar como fixo em todo e qualquer corpo rígido. Devemos adotar um corpo que não esteja em rotação e não apresente aceleração. Por exemplo, elas não se aplicam realmente a eixos fixos na Terra, em razão da constante rotação de tal corpo. A lei que malogra quando adotamos os eixos errados como em repouso é a terceira lei, a de que ação e reação são iguais e opostas. Os eixos errados dão margem ao aparecimento de forças centrífugas não compensadas e forças centrífugas compostas não compensadas, devido à rotação. A influência dessas forças pode ser demonstrada por uma série de fatos sobre a superfície da Terra, como o pêndulo de Foucault, o formato da Terra e as direções de rotação fixas dos ciclones e anticiclones. É difícil levar a sério a sugestão de que esses fenômenos sobre a Terra se devam à influência das estrelas fixas. Não consigo convencer a mim mesmo a acreditar que uma estrelinha cintilante tenha girado em torno do pêndulo de Foucault na Exposição de Paris de 1861. Obviamente, qualquer coisa é digna de crédito uma vez demonstrada uma relação física inequívoca, por exemplo, a influência das manchas solares. O presente caso ressente-se da falta de toda e qualquer demonstração em termos de alguma teoria coerente. Segundo a teoria destas conferências, os eixos que servem de referência ao movimento são eixos em repouso no espaço de algum sistema temporal. Por exemplo, considere-se o espaço de um sistema temporal α. Existem conjuntos de eixos em repouso no espaço de α. Trata-se de eixos dinâmicos adequados. Também um conjunto de eixos nesse espaço que esteja se movendo com velocidade uniforme e sem rotação constitui outro conjunto adequado. Todos os pontos em movimento fixos nesses eixos em movimento estão realmente descrevendo linhas paralelas a uma mesma velocidade uniforme. Em outras palavras, são os reflexos, no espaço de α, de um conjunto de eixos fixos no espaço de algum outro sistema temporal β. Assim, o grupo de eixos dinâmicos requeridos para as Leis do Movimento de Newton é produto da necessidade de referir o movimento a um corpo em repouso no espaço de algum sistema temporal, de modo a se obter um registro coerente de propriedades físicas. Se procedermos de outro modo, o significado do movimento de uma porção de nossa configuração física será diferente do significado do movimento de outra porção de mesma configuração. Assim, sendo o significado do movimento o que é, se quisermos descrever o movimento de qualquer sistema de objetos sem alterar o significado de nossos termos ao avançarmos em nossa descrição, será imprescindível adotar um desses conjuntos de eixos como eixos referenciais, embora possamos optar por seus reflexos no espaço de qualquer sistema temporal que se deseje adotar. Desse modo, uma razão física definida é atribuída à propriedade peculiar do grupo dinâmico de eixos.

Na teoria ortodoxa, a posição das equações de movimento é das mais ambíguas. O espaço a que se referem é totalmente indeterminado, e o mesmo acontece ao dimensionamento do lapso de tempo. A ciência está simplesmente partindo em uma pescaria a ver se não pode encontrar algum procedimento a que possa chamar dimensionamento do espaço, algum procedimento a que possa chamar dimensionamento do tempo, algo a que possa chamar um sistema de forças e algo que possa chamar de massas, de sorte que essas fórmulas possam ser satisfeitas. A única razão — nessa teoria — por que alguém desejasse satisfazer tais fórmulas seria um apreço sentimental por Galileu, Newton, Euler e Lagrange. A teoria, longe de basear a ciência em um sólido alicerce observacional, obriga tudo a conformar-se a uma mera preferência matemática por determinadas fórmulas simples.

Sequer por um momento acredito ser esse um autêntico registro da real condição das Leis do Movimento. Essas equações pedem um ligeiro ajuste em face das novas fórmulas da relatividade. Mas com esses ajustes, imperceptíveis no uso ordinário, as leis lidam com grandezas físicas fundamentais que conhecemos muito bem e desejamos correlacionar.

O dimensionamento do tempo era conhecido de todos os povos civilizados muito antes de serem concebidas as leis. É com esse tempo assim dimensionado que se ocupam as leis. Tratam, ainda, do espaço de nossa vida cotidiana. Quando nos aproximamos de uma precisão de dimensionamento que ultrapassa aquele da observação, o ajuste é admissível. Dentro dos limites da observação, porém, sabemos a que nos referimos quando falamos de dimensionamentos de espaço, dimensionamentos de tempo e uniformidade de mudança. Compete à ciência fornecer uma interpretação intelectual daquilo que é tão evidente para a apreensão sensível. Parece-me absolutamente inacreditável que o fato último, para além do qual inexiste uma explicação mais profunda, seja que a humanidade tenha realmente sido tomada por um desejo inconsciente de satisfazer as fórmulas matemáticas por nós denominadas Leis do Movimento, fórmulas completamente desconhecidas até o século XVII de nossa era.

A correlação desses fatos da experiência sensível, empreendida pela interpretação alternativa da natureza, estende-se para além das propriedades físicas de movimento e das propriedades de congruência. Ela fornece uma interpretação do significado de entidades geométricas como pontos, retas e volumes, e liga as idéias afins de extensão no tempo e extensão no espaço. A teoria satisfaz o verdadeiro propósito de uma explicação intelectual na esfera da filosofia natural. Tal propósito é o de demonstrar as interligações da natureza e demonstrar que um conjunto de ingredientes da natureza requer, para a demonstração de seu caráter, a presença dos demais conjuntos de ingredientes.

A idéia falsa da qual devemos nos livrar é a da natureza como simples agregado de entidades independentes, cada qual passível de ser isolada. Segundo essa concepção, tais entidades, cujos caracteres permitem definições isoladas, se reúnem e, através de suas relações acidentais, formam o sistema da natureza. Sistema esse, portanto, que é absolutamente acidental; e, ainda que sujeito a um destino mecânico, apenas acidentalmente estará assim sujeito.

Com essa teoria, poderíamos ter o espaço sem o tempo e o tempo sem o espaço. A teoria reconhecidamente cai por terra quando chegamos às relações entre matéria e espaço. A teoria relacional do espaço é uma admissão de que não podemos conhecer o espaço sem a matéria ou a matéria sem o espaço. Mas o isolamento de ambos com relação ao tempo é ainda guardado a sete chaves. As relações entre porções de matéria no espaço são fatos acidentais determinados pela ausência de qualquer interpretação coerente de como o espaço se origina da matéria e como a matéria se origina do espaço. Da mesma forma, aquilo que realmente observamos na natureza, suas cores, sons e texturas, são qualidades secundárias; em outras palavras, não se encontram absolutamente na natureza, mas são produtos acidentais das relações entre natureza e mente.

A explicação de natureza por mim proposta como ideal alternativo a essa concepção acidental da natureza é a de que nada na natureza poderia ser o que é exceto enquanto ingrediente da natureza como está. O todo presente para a discriminação é apresentado na apreensão sensível como necessário para as partes discriminadas. Um evento isolado não é um evento, pois cada evento é fator de um todo mais amplo e é significativo desse todo. Não pode existir tempo isoladamente do espaço e espaço isoladamente do tempo; e nenhum espaço e nenhum tempo isolados da passagem dos eventos da natureza. O isolamento de uma entidade no pensamento, quando a concebemos como um "algo" puro e simples, não tem contraparte em nenhum isolamento correspondente na natureza. Tal isolamento é apenas parte do procedimento da apreensão intelectual.

As leis da natureza são o produto dos caracteres das entidades que encontramos na natureza. Sendo as entidades o que são, as leis devem ser o que são; e, inversamente, as entidades decorrem das leis. Estamos muito distantes da realização de um tal ideal; mas este se mantém como a meta perene da ciência teórica.

CAPÍTULO VII

OS OBJETOS

A conferência que se segue está voltada para a teoria dos objetos. Objetos são elementos da natureza isentos de passagem. A apreensão de um objeto como algum fator não-partícipe da passagem da natureza é o que denomino "reconhecimento". É impossível reconhecer um evento, uma vez que um evento é essencialmente distinto de todos os demais eventos. O reconhecimento é uma apreensão de igualdade. Contudo, chamar ao reconhecimento percepção de igualdade implica um ato intelectual de comparação acompanhado de julgamento. Emprego o termo reconhecimento para designar a relação não-intelectual da apreensão sensível que estabelece a ligação da mente com um fator da natureza isento de passagem. No lado intelectual da experiência mental verificam-se comparações de coisas reconhecidas e conseqüentes julgamentos de igualdade ou diversidade. Provavelmente "reconhecimento sensível" seria uma expressão mais adequada para aquilo que chamo de "reconhecimento". Optei pelo termo mais simples por considerar que me será possível evitar o uso de "reconhecimento" em qualquer outra acepção que não a de "reconhecimento sensível". Sou bastante propenso a acreditar que o reconhecimento, no sentido que estou emprestando ao termo, não passa de um limite ideal e que, na verdade, não existe reconhecimento desprovido de acompanhamentos intelectuais de comparação e julgamento. O reconhecimento, porém, é aquela relação da mente com a natureza que fornece o material para a atividade intelectual.

Um objeto é um ingrediente do caráter de algum evento. Na verdade, o caráter de um evento nada mais é senão seus objetos ingredientes e os modos pelos quais tais objetos se introduzem no evento. A teoria dos objetos, portanto, é a teoria da comparação dos eventos. Os eventos só são comparáveis porque dão corpo a permanências. Toda vez que pudermos dizer "Ei-lo novamente", estaremos comparando objetos de eventos. Objetos são os elementos da natureza capazes de "ser novamente".

Por vezes, é possível comprovar a existência de permanências que se furtam ao reconhecimento, na acepção em que estou empregando o termo. As permanências que se furtam ao reconhecimento se nos afiguram como propriedades abstratas quer de eventos quer de objetos. Ainda assim, estão ali presentes para o reconhecimento, embora indiscriminadas em nossa apreensão sensível. A demarcação de eventos, o desmembramento da natureza em partes, é empreendida pelos objetos que reconhecemos como seus ingredientes. A discriminação da natureza é o reconhecimento de objetos em meio aos eventos passageiros. É um composto formado pela percepção da passagem da natureza, a conseqüente partição da natureza e a definição de determinadas partes da natureza pelos modos em que se dá a introdução dos objetos nas mesmas.

Talvez vocês tenham percebido que estou empregando o termo "introdução" para designar a relação geral entre objetos e eventos. A introdução de um objeto em um evento é o modo pelo qual o evento molda a si mesmo em virtude do ser do objeto. Ou seja, o evento é o que é porque o objeto é o que é; e, quando considero essa modificação do evento por parte do objeto, chamo à relação entre ambos "introdução do objeto no evento". É igualmente verdadeiro dizer que os objetos são o que são porque os eventos são o que são. A natureza é tal que não podem existir eventos nem objetos sem a introdução de objetos nos eventos, embora haja eventos tais que seus objetos ingredientes se furtam a nosso reconhecimento. São os eventos no espaço vazio. Tais eventos apenas são analisados para nós pela investigação intelectual da ciência.

A introdução é uma relação que se dá de diversos modos. Existem, obviamente, espécies muito diversas de objetos; e nenhuma espécie de objeto pode apresentar o mesmo tipo de relação com eventos do que se pode verificar nos objetos de outra espécie. Será preciso que analisemos alguns dos diferentes modos de introdução de diferentes espécies de objetos em eventos.

Todavia, mesmo que nos atenhamos a uma única espécie de objetos, um objeto de tal espécie apresenta diferentes modos de introdução em diferentes eventos. A ciência e a filosofia têm demonstrado uma inclinação a se enredarem em uma teoria simplista de que cada objeto se encontra em um único local a qualquer momento determinado e, sob nenhum aspecto, em parte alguma além. Essa, com efeito, é a atitude do pensamento ditada pelo senso comum, embora não seja a atitude da linguagem a expressar ingenuamente os fatos da experiência. Uma de cada duas sentenças de uma obra literária verdadeiramente empenhada em interpretar os fatos da experiência expressa as diferenças sofridas nos eventos circundantes devido à presença de algum objeto. Cada objeto é um ingrediente de toda a extensão de sua circunvizinhança e sua circunvizinhança é indefinida. A modificação de eventos por introdução, além disso, é suscetível de diferenças quantitativas. Finalmente, portanto, somos levados a admitir que cada objeto é, em certo sentido, ingrediente da totalidade da natureza, embora sua introdução possa ser quantitativamente irrelevante na expressão de nossas experiências individuais.

Tal admissão não é inédita quer na filosofia quer na ciência. Trata-se obviamente de um axioma necessário àqueles filósofos que insistem em que a realidade é um sistema. No presente ciclo de conferências, estamos deixando de lado a questão profunda e inquietante quanto ao que entendemos por "realidade". Defendo, aqui, a tese mais modesta de que a natureza é um sistema. Suponho no entanto que, neste caso, o menor decorre do maior e que possa reivindicar o apoio desses filósofos. A mesma doutrina se encontra essencialmente entretecida em toda especulação física moderna. Já em 1847, em um artigo no *Philosophical Magazine*, Faraday observava que sua teoria dos tubos de força implica que, em certo sentido, existe uma carga elétrica em toda parte. A modificação do campo eletromagnético em cada ponto do espaço, a cada instante, em decorrência da história passada de cada elétron, é uma outra forma de enunciar o mesmo fato. Podemos, contudo, ilustrar a doutrina com os fatos mais familiares da vida sem recorrer às difíceis especulações da física teórica.

O modo como se dá o rolar das ondas junto à costa da Cornualha indica uma tempestade no meio do Atlântico; e nosso jantar dá testemunho da introdução da cozinheira na sala de jantar. É evidente que a introdução de objetos nos eventos inclui a teoria da causalidade. Prefiro relegar esse aspecto da introdução, uma vez que a causalidade desperta a lembrança de discussões baseadas em teorias da natureza estranhas à minha. Ademais, considero possível lançar novas luzes sobre o tema observando-o sob esse aspecto diferente.

Os exemplos da introdução de objetos em eventos que apresentei nos fazem lembrar que a introdução assume uma forma peculiar no caso de alguns eventos; em certo sentido, trata-se de uma forma mais concentrada. Por exemplo, o elétron tem uma determinada posição no espaço e uma determinada forma. Talvez se trate de uma esfera extremamente diminuta em um determinado tubo de ensaio. A tempestade é um vendaval situado no Atlântico em alto-mar com uma determinada latitude e longitude, e a cozinheira está na cozinha. Chamarei a essa forma especial de introdução ''relação de situação''; também, por um duplo sentido da palavra ''situação'', chamarei ao evento no qual um objeto está situado a ''situação do objeto''. Assim, uma situação é um evento que é um termo relacional na relação de situação. Ora, nossa primeira impressão é a de termos finalmente chegado ao fato puro e simples da real localização do objeto; e que a relação mais vaga a que denomino introdução não deveria ser confundida com a relação de situação, como que incluindo esta na qualidade de caso particular. Parece inteiramente óbvio que qualquer objeto se encontra em tal ou qual posição e que exerce influência sobre outros eventos em um sentido totalmente diverso. Dito de outra forma, um objeto, em certo sentido, é o caráter do evento que é sua situação, mas apenas influencia o caráter de outros eventos. Nesse sentido, as relações de situação e influência geralmente não são relações do mesmo gênero e não devem ser agrupadas sob o mesmo termo ''introdução''. Acredito que essa noção é um equívoco e que seja impossível traçar uma clara distinção entre as duas relações.

Por exemplo, onde era a sua dor de dente? Você foi a um dentista e indicou o dente para ele. Ele declarou esse dente perfeitamente são e curou você obturando outro dente. Qual dente era a situação da dor de dente? Da mesma forma, um homem tem um braço amputado e experimenta sensações na mão que perdeu. A situação da mão imaginária, na realidade, é pura ilusão. Vocês se põem diante de um espelho e avistam um incêndio. As chamas que vêem estão situadas atrás do espelho. Assim também, vocês observam o céu durante a noite; caso algumas das estrelas tenham deixado de existir horas atrás, vocês não teriam a menor idéia disso. Mesmo a situação dos planetas difere daquela que lhes seria atribuída pela ciência.

Seja como for, vocês se verão tentados a exclamar, a cozinheira está na cozinha. Se estiverem se referindo à mente dela, não concordarei com vocês nesse ponto, pois estou falando apenas de natureza. Consideremos apenas sua presença física. O que entendem vocês por essa noção? Nós nos confinamos a manifestações típicas da mesma. Vocês podem ver a cozinheira, tocá-la, ouvi-la. Contudo, os exemplos que lhes apresentei mostram que as noções das situações daquilo que vêem, daquilo que tocam e daquilo que ouvem não se encontram tão nitidamente separadas a ponto de desafiar questionamentos adicionais. Vocês não podem se apegar à idéia de que contamos com dois conjuntos de experiências da natureza, um das qualidades primárias pertencentes aos objetos percebidos e outro das qualidades secundárias, produtos de nossas inquietações mentais. Tudo o que conhecemos acerca da natureza está no mesmo barco, para afundar ou navegar conjuntamente. As construções da ciência são meras demonstrações dos caracteres das coisas percebidas. Nesse sentido, afirmar que a cozinheira é uma determinada dança de moléculas e elétrons é simplesmente afirmar que as coisas perceptíveis de que ela é dotada possuem determinados caracteres. As situações das manifestações percebidas de sua presença física possuem tão-somente uma relação muito genérica com a situação das moléculas, para serem determinadas pela discussão das circunstâncias da percepção.

Ao discutir as relações de situação em particular e as de introdução em geral, o primeiro requisito é observar que os objetos são de tipos radicalmente diversos. Para cada tipo, a "situação" e a "introdução" têm seus significados próprios e especiais, que diferem de seus significados para outros tipos, embora seja possível identificar pontos de ligação. Ao discutir tais relações, portanto, é necessário determinar que tipo de objetos está sob consideração. Existe, penso eu, um número indefinido de tipos de objetos. Felizmente não precisamos pensar em todos eles. A idéia de situação tem sua importância peculiar com referência a três tipos de objetos a que denomino objetos dos sentidos, objetos perceptuais e objetos científicos. A adequação desses nomes aos três tipos é de pouca importância, contanto que eu consiga explicar o que estou designando por eles.

Esses três tipos formam uma hierarquia ascendente, na qual cada membro pressupõe o tipo que vem abaixo. A base da hierarquia é formada pelos objetos dos sentidos. Tais objetos não pressupõem nenhum outro tipo de objetos. Um objeto dos sentidos é um fator da natureza postulado pela apreensão sensível que (i) na medida em que é um objeto, não participa da passagem da natureza e (ii) não constitui uma relação entre outros fatores da natureza. Será ele, obviamente, um termo de relações que também implicam outros fatores da natureza. Mas será sempre um termo relacional e jamais a relação propriamente dita. São exemplos de objetos dos sentidos uma classe particular de cor, digamos o azul-claro, uma classe particular de som, uma classe particular de aroma ou uma classe particular de sensação. Não estou me referindo a uma porção particular de azul tal como vista durante um segundo particular de tempo em alguma data definida. Tal porção é um evento em que o azul-claro está situado. Da mesma forma, não me refiro a nenhuma sala de concertos quando preenchida por aquela determinada nota. Refiro-me à própria nota e não à porção de volume preenchida pelo som por um décimo de segundo. É natural para nós pensar na nota em si mesma, embora no caso da cor nossa inclinação seja a de considerá-la meramente uma propriedade da porção. Ninguém pensa na nota como uma propriedade da sala de concertos. Nós enxergamos o azul e ouvimos a nota. Tanto o azul como a nota são apresentados imediatamente pela discriminação da apreensão sensível que estabelece a relação da mente com a natureza. O azul é apresentado como existente na natureza, relacionado a outros fatores da natureza. É apresentado particularmente enquanto na relação de estar situado no evento que constitui sua situação.

As dificuldades que se acumulam em torno da relação de situação têm origem na obstinada recusa dos filósofos em encarar seriamente o fato último das relações múltiplas. Por relação múltipla designo uma relação que, em qualquer instância concreta de sua ocorrência, envolve necessariamente mais de dois termos relacionais. Por exemplo, quando dizemos que John gosta de Thomas, temos apenas dois termos relacionais, John e Thomas. Mas quando dissermos que John entrega aquele livro a Thomas, teremos três termos relacionais, John, o livro e Thomas.

Determinadas escolas filosóficas, sob a influência da lógica e da filosofia aristotélicas, insistem em não admitir absolutamente relação alguma, salvo aquela entre substância e atributo. Em outras palavras, todas as relações aparentes devem ser redutíveis à existência convergente de substâncias com atributos contrastados. É bastante óbvio que a monadologia leibniziana é o resultado necessário de qualquer filosofia do gênero. Se o pluralismo nos desagrada, existirá uma única mônada.

Outras escolas filosóficas admitem relações, mas se recusam obstinadamente a contemplar relações com mais de dois termos. Não creio que tal limitação se baseie em nenhuma finalidade ou teoria estabelecida. Ela surge simplesmente do incômodo representado por relações mais complicadas para pessoas sem uma adequada formação matemática, quando devem considerá-las no raciocínio.

Devo repetir que em nada nos diz respeito, nestas conferências, o caráter último da realidade. É bem possível que na autêntica filosofia da realidade somente existam substâncias individuais com atributos ou apenas relações entre pares de termos. Não creio que seja este o caso, mas não estou preocupado em discutir a esse respeito agora. Nosso tema é a Natureza. Até onde nos confinamos aos fatores apresentados na apreensão sensível da natureza, parece-me que certamente existem casos de múltiplas relações entre tais fatores e que a relação de situação para os objetos dos sentidos é um exemplo dessas relações múltiplas.

Consideremos um blusão azul, um blusão de flanela azul-clara pertencente a algum atleta. O blusão em si é um objeto perpétuo e não é de sua situação que estou falando agora. Estamos falando da precisa apreensão sensível, por parte de um indivíduo, do azul-claro tal como situado em algum evento da natureza. O indivíduo pode estar olhando diretamente para o blusão. Ele enxerga então o azul-claro como situado praticamente no mesmo evento que o blusão naquele instante. É verdade que o azul que ele enxerga deve-se à luz que abandonou o blusão uma fração inconcebivelmente mínima de segundo antes. Essa diferença seria importante se estivéssemos olhando uma estrela cuja coloração fosse azul-clara. A estrela poderia ter deixado de existir dias atrás, ou mesmo anos atrás. A situação do azul não estará, portanto, intimamente ligada à situação (num outro sentido de "situação") de nenhum objeto perceptual. Não é preciso uma estrela para exemplificar essa desconexão entre a situação do azul e a situação de algum objeto perceptual associado. Um espelho qualquer será suficiente. Observemos o blusão através de um espelho. Nesse caso, o azul é visto como situado atrás do espelho. O evento que é sua situação depende da posição do observador.

A apreensão sensível do azul enquanto situado em um determinado evento ao qual chamo situação manifesta-se, portanto, como a apreensão sensível de uma relação entre o azul, o evento percipiente do observador, a situação e os eventos intervenientes. Na verdade, toda a natureza é solicitada, embora apenas alguns eventos intervenientes exijam que seus caracteres sejam de determinadas qualidades específicas. A introdução do azul nos eventos da natureza manifesta-se, portanto, como sistematicamente correlacionada. A apreensão do observador depende da posição do evento percipiente nessa correlação sistemática. Usarei a expressão "introdução na natureza" para designar essa correlação sistemática do azul com a natureza. Assim, a introdução do azul em qualquer evento específico é uma declaração parcial do fato da introdução do azul na natureza.

Com respeito à introdução do azul na natureza, podemos classificar os eventos, *grosso modo*, em quatro categorias que se sobrepõem e que não estão nitidamente isoladas. Tais categorias são (i) os eventos percipientes, (ii) as situações, (iii) os eventos condicionantes ativos e

(iv) os eventos condicionantes passivos. Para se compreender essa classificação dos eventos no fato geral da introdução do azul na natureza, concentremos nossa atenção em uma situação para um evento percipiente isolado e nas conseqüentes *funções* dos eventos condicionantes na introdução assim limitada. O evento percipiente é o estado corpóreo relevante do observador. A situação é o lugar onde ele vê o azul — digamos, atrás do espelho. Os eventos condicionantes ativos são aqueles cujos caracteres são particularmente relevantes para que o evento (que é a situação) constitua a situação daquele evento percipiente, ou seja, o blusão, o espelho e as condições da sala no tocante à iluminação e ambiente. Os eventos condicionantes passivos são aqueles do resto da natureza.

Em geral, a situação é um evento condicionante ativo, ou seja, o blusão em si, na ausência de espelhos ou outros artifícios do gênero para produzir efeitos anormais. O exemplo do espelho, entretanto, nos mostra que a situação pode ser a de eventos condicionantes passivos. Podemos dizer, nesse caso, que nossos sentidos foram ludibriados, pois exigimos, por direito, que a situação seja uma condição ativa para a introdução.

Tal exigência não é tão infundada quanto pode parecer quando apresentada da maneira como fiz. Tudo o que conhecemos acerca dos caracteres dos eventos da natureza baseia-se na análise das relações entre situações e eventos percipientes. Se as situações não fossem em geral condições ativas, essa análise não nos revelaria coisa alguma. A natureza seria para nós um enigma inescrutável e não poderia haver nenhuma ciência. Assim sendo, o incipiente desapontamento surgido quando se verifica que uma situação é uma condição passiva em certo sentido é justificável, pois, caso esse tipo de coisa se verificasse com muita assiduidade, a *função* do intelecto estaria encerrada.

Outrossim, o próprio espelho é a situação de outros objetos dos sentidos, seja para o mesmo observador com respeito ao mesmo evento percipiente como para outros observadores com respeito a eventos percipientes outros. Portanto, o fato de um evento consistir em uma situação de introdução na natureza de um conjunto de objetos dos sentidos é uma suposta evidência de que tal evento é uma condição ativa para a introdução na natureza de outros objetos dos sentidos que poderão ter outras situações.

Esse é um princípio fundamental da ciência derivado do senso comum.

Passo agora aos objetos perceptuais. Ao olharmos para o blusão, não dizemos geralmente: eis uma porção de azul-claro; o que naturalmente nos ocorre é: eis um blusão. Também o julgamento de que o que vimos é uma peça de vestuário masculino não passa de um detalhe. O que percebemos é um objeto que difere de um mero objeto dos sentidos. Não se trata de uma simples porção de cor, mas de algo mais; e é esse algo mais que julgamos ser um blusão. Usarei a palavra "blusão" para designar aquele simples objeto que é mais que uma porção de cor, sem nenhuma alusão aos julgamentos quanto à sua utilidade como peça de vestuário, quer no passado quer no futuro. O blusão percebido — nesse sentido da palavra "blusão" — é o que chamo de objeto perceptual. É preciso que examinemos o caráter geral desses objetos perceptuais.

É uma lei da natureza que, em geral, a situação de um objeto dos sentidos seja não apenas a situação daquele objeto dos sentidos para um evento percipiente específico, mas a situação de uma variedade de objetos dos sentidos para uma variedade de eventos percipientes. Por exemplo, para qualquer evento percipiente individual, a situação de um objeto dos sentidos para a visão também está apta a ser as situações dos objetos dos sentidos para a visão, o tato, o olfato e o som. Verifica-se, ainda, que essa confluência nas situações dos objetos dos sentidos levou o corpo — *i.e.* o evento percipiente — a uma adaptação tal que a percepção de um objeto dos sentidos em uma determinada situação conduz a uma apreensão sensível subconsciente de outros objetos dos sentidos na mesma situação. Esse intercâmbio é particularmente o caso que se dá entre o tato e a visão. Existe uma certa correlação entre as introduções na natureza de objetos dos sentidos para o tato e objetos dos sentidos para a visão e, em grau menos acentuado, entre as introduções de outros pares de objetos dos sentidos. Dou a esse gênero de correlação o nome de "transferência" de um objeto dos sentidos por algum outro. Ao vermos o blusão azul de flanela, subconscientemente imaginamo-nos vestindo-o ou tocando-o. Se formos fumantes, também poderemos atentar subconscientemente para o leve aroma do tabaco. O fato peculiar, postulado por essa apreensão sensível da confluência de objetos dos sentidos subconscientes e um ou mais objetos dos sentidos dominantes na mesma situação, é a apreensão sensível do objeto perceptual. O objeto perceptual não é fundamentalmente o resultado de um julgamento. É um fator da natureza diretamente apresentado na apreensão sensível. O fator julgamento se introduz quando passamos a classificar o objeto perceptual particular. Dizemos, por exemplo, "isso é flanela", e pensamos nas propriedades da flanela e nos usos dos blusões esportivos. Tudo isso, contudo, tem lugar depois de nos termos assenhoreado do objeto perceptual. Os julgamentos prévios afetam o objeto perceptual percebido, em razão da focalização e do desvio da atenção.

O objeto perceptual é o produto do hábito da experiência. Tudo quanto esteja em conflito com esse hábito prejudica a apreensão sensível de um tal objeto. Um objeto dos sentidos não é o produto da associação de idéias intelectuais; é o produto da associação de objetos dos sentidos na mesma situação. Esse produto não é intelectual; é um objeto de tipo singular, com sua introdução própria e particular na natureza.

Existem duas espécies de objetos perceptuais, a saber, os "objetos perceptuais enganosos" e os "objetos físicos". A situação de um objeto perceptual enganoso é uma condição passiva na introdução daquele objeto na natureza. Ademais, o evento que é a situação terá a relação de situação com o objeto apenas para um evento percipiente particular. Por exemplo, um observador vê a imagem do blusão azul em um espelho. É um blusão azul que ele enxerga e não uma simples mancha de cor. Isso mostra que as condições ativas para a transferência de um grupo de objetos dos sentidos subsconscientes através de um objeto dos sentidos dominantes devem ser procuradas no evento percipiente. Em outras palavras, devemos buscá-las nas investigações dos psicólogos clínicos. A introdução na natureza do objeto dos sentidos enganoso está condicionada pela adaptação dos eventos corporais à ocorrência mais normal, que é a introdução do objeto físico.

Um objeto perceptual é um objeto físico quando (i) sua situação é um evento condicionante ativo para a introdução de qualquer um de seus objetos dos sentidos componentes e (ii) o mesmo evento pode ser a situação do objeto perceptual para um número indefinido de eventos percipientes possíveis. Os objetos físicos são os objetos ordinários que percebemos quando nossos sentidos não são ludibriados, como cadeiras, mesas e árvores. Em certo sentido, os objetos físicos contam com uma força perceptiva mais insistente do que os objetos dos sentidos. A atenção para o fato de sua ocorrência na natureza é a condição primeira para a subsistência de organismos vivos complexos. O resultado desse elevado poder perceptivo dos objetos físicos é a filosofia escolástica da natureza, que vê nos objetos dos sentidos meros atributos dos objetos físicos. Esse ponto de vista escolástico está diretamente contestado pela prodigalidade dos objetos dos sentidos que se introduzem em nossa experiência enquanto situados em eventos sem o menor vínculo com objetos físicos. Por exemplo, aromas, sons e cores difusos, e objetos dos sentidos mais sutis e inomináveis. Não existe apreensão de objetos físicos sem a apreensão de objetos dos sentidos. Mas a recíproca não é verdadeira, vale dizer, existe uma farta apreensão de objetos dos sentidos que não é acompanhada por nenhuma apreensão de objetos físicos. A ausência de reciprocidade nas relações entre objetos dos sentidos e objetos físicos é fatal para a filosofia natural escolástica.

É grande a diferença entre as *funções* das situações dos objetos dos sentidos e dos objetos físicos. As situações de um objeto físico estão condicionadas pelo caráter único e pela continuidade. O caráter único é um limite ideal do qual nos aproximamos ao percorrer em pensamento um conjunto abstrativo de durações, considerando durações progressivamente menores na aproximação ao limite ideal do momento temporal. Em outras palavras, quando a duração é breve o suficiente, a situação do objeto físico dentro daquela duração é praticamente única.

A identificação do mesmo objeto físico como situado em eventos distintos em durações distintas é levada a termo pela condição da continuidade. Essa condição de continuidade é a condição que permite identificar uma continuidade na passagem de eventos, sendo cada evento uma situação do objeto em sua duração correspondente, do anterior ao posterior entre dois eventos dados. Na medida em que os dois eventos sejam praticamente adjacentes em um presente especioso, essa continuidade de passagem pode ser percebida diretamente. Do contrário, será uma questão de julgamento e inferência.

As situações de um objeto dos sentidos não estão condicionadas quer pelo caráter único quer pela continuidade. Em quaisquer durações, por menores que sejam, um objeto dos sentidos pode apresentar qualquer número de situações isoladas umas das outras. Portanto, duas situações de um objeto dos sentidos, na mesma duração ou em durações distintas, não estão necessariamente vinculadas por nenhuma passagem contínua de eventos que também são situações daquele objeto dos sentidos.

Os caracteres dos eventos condicionantes envolvidos na introdução de um objeto dos sentidos na natureza podem ser largamente expressos em termos dos objetos físicos situados em tais eventos. Sob determinado aspecto, isso é também uma tautologia, pois o objeto físico nada mais é do que a habitual confluência de um determinado conjunto de objetos dos sentidos em uma situação. Assim, quando conhecemos tudo a respeito do objeto físico, conhecemos, conseqüentemente, os objetos dos sentidos componentes. Um objeto físico, porém, é uma condição para a ocorrência de objetos dos sentidos outros que não seus componentes. Por exemplo, a atmosfera leva os eventos que são suas situações a serem eventos condicionantes ativos na transmissão do som. Um espelho, em si mesmo um objeto físico, é uma condição ativa para a situação de uma porção colorida atrás de si, devido à reflexão da luz em sua superfície.

A origem do conhecimento científico, portanto, é o esforço em expressar, em termos dos objetos físicos, as múltiplas *funções* dos eventos enquanto condições ativas na introdução do objetos dos sentidos na natureza. É no avanço dessa investigação que os objetos científicos vêm à tona. Eles corporificam aqueles aspectos das situações dos objetos físicos que são mais permanentes e exprimíveis sem referência a uma relação múltipla envolvendo um evento percipiente. Suas relações mútuas também se caracterizam por uma certa simplicidade e uniformidade. Por fim, os caracteres dos objetos físicos e objetos dos sentidos observados podem ser expressos em termos desses objetos científicos. Na verdade, o cerne da busca por objetos científicos é o esforço em obter-se essa simples expressão dos caracteres dos eventos. Tais objetos científicos não são, em si, meras fórmulas para o cálculo, uma vez que fórmulas devem referir-se a coisas da natureza e os objetos científicos são as coisas da natureza a que as fórmulas se referem.

Um objeto científico, como um elétron específico, é uma correlação sistemática dos caracteres de todos os eventos existentes por toda a natureza. É um aspecto do caráter sistemático da natureza. O elétron não está simplesmente ali onde está sua carga. A carga é o caráter quantitativo de certos eventos decorrentes da introdução do elétron na natureza. O elétron é a totalidade de seu campo de força. Em outras palavras, o elétron é a forma sistemática pela qual todos os eventos são modificados enquanto expressão de sua introdução. A situação de um elétron em qualquer duração breve pode ser definida como aquele evento dotado do caráter quantitativo que é a carga do elétron. Podemos, se quisermos, chamar a simples carga de elétron. Nesse caso, porém, será preciso outro nome para o objeto científico que é a entidade integral de que se ocupa a ciência, e à qual denominei elétron.

Segundo essa concepção dos objetos científicos, as teorias rivais de ação a distância e ação por transmissão através de um meio são, ambas, expressões incompletas do verdadeiro processo da natureza. A corrente de eventos que forma a série contínua de situações do elétron é inteiramente autodeterminada, tanto no que se refere a possuir o caráter intrínseco de ser a série de situações daquele elétron como no que se refere aos sistemas temporais com os quais seus diversos membros são cogredientes, bem como ao fluxo de suas posições em suas durações correspondentes. Tal é o fundamento da negação da ação a distância, ou seja, o progresso da corrente das situações de um objeto científico pode ser determinado por uma análise da própria corrente.

Por outro lado, a introdução de cada elétron na natureza modifica, em certa medida, o caráter de cada evento particular. Assim, o caráter da corrente de eventos que estamos considerando porta-sinais da existência de todos os demais elétrons existentes em todo o universo. Se nos apraz pensar nos elétrons como sendo meramente aquilo que denomino suas cargas, as cargas atuam a distância. Tal ação, porém, consiste na modificação da situação do outro elétron que se considera. Essa concepção de uma carga atuando a distância é totalmente artificial. A concepção que mais integralmente expressa o caráter da natureza é a de cada evento sendo modificado pela introdução de cada elétron na natureza. O éter é a expressão dessa sistemática modificação dos eventos através de todo o espaço e de todo o tempo. Cabe aos físicos encontrar a expressão mais adequada do caráter dessa modificação. Minha teoria nada tem a ver com isso e está pronta a aceitar qualquer resultado da pesquisa no campo da física.

A relação entre objetos e espaço requer uma elucidação. Os objetos estão situados em eventos. A relação de situação difere segundo cada tipo de objeto e, no caso dos objetos dos sentidos, não pode ser expressa como uma relação binária. Talvez fosse mais apropriado empregarmos uma palavra diferente para esses diferentes tipos de relação de situação. Contudo, isso não se fez necessário para nossas finalidades nestas conferências. Devemos compreender, no entanto, que, quando se fala em situação, algum tipo específico se encontra em discussão e pode se dar que o raciocínio não se aplique à situação de algum outro tipo. Na totalidade dos casos, todavia, uso o termo situação para expressar uma relação entre objetos e eventos, e não entre objetos e elementos abstrativos. Existe uma relação derivativa entre objetos e elementos espaciais, à qual denomino relação de locação; e quando se verifica essa locação, digo que o objeto está localizado no elemento abstrativo. Nesse sentido, um objeto pode estar localizado em um momento do tempo, em um volume do espaço, uma área, uma linha ou um ponto. Haverá um tipo peculiar de localização correspondente a cada tipo de situação, sendo ela, em cada caso, derivativa da correspondente relação de situação, de uma forma que passo agora a explicar.

Também a localização no espaço atemporal de algum sistema temporal é uma relação derivativa estabelecida a partir da localização em espaços instantâneos do mesmo sistema temporal. Conseqüentemente, a localização em um espaço instantâneo é a idéia fundamental que nos compete explicar. Grande confusão foi gerada na filosofia natural pela negligência em se distinguir entre os diferentes tipos de objetos, os diferentes tipos de situação, os diferentes tipos de localização e a diferença entre localização e situação. É impossível ponderar de maneira precisa na vaguidão que envolve os objetos e suas posições sem ter em vista essas distinções. Um objeto estará localizado em um elemento abstrativo quando for possível encontrar um conjunto abstrativo tal, pertencente àquele elemento, que cada evento pertencente àquele conjunto é uma situação do objeto. Devemos lembrar que um elemento abstrativo é um grupo determinado de conjuntos abstrativos e que cada conjunto abstrativo é um conjunto de eventos. Essa definição define a localização de um elemento em qualquer espécie de elemento abstrativo. Nesse sentido, podemos falar da existência de um objeto em um instante, referindo-nos com isso à sua localização em algum momento determinado. O objeto também poderá estar localizado em algum elemento espacial do espaço instantâneo daquele momento.

Podemos dizer que uma quantidade está localizada em um elemento abstrativo quando é possível encontrar um conjunto abstrativo tal, pertencente ao elemento, que as expressões quantitativas dos caracteres correspondentes de seus eventos convergem para a medida da grandeza estabelecida como limite quando percorremos o conjunto abstrativo em direção à sua extremidade convergente.

Com essas definições, a localização em elementos de espaços instantâneos está definida. Esses elementos ocupam elementos correspondentes de espaços atemporais. Diremos ainda que um objeto localizado em um elemento de um espaço instantâneo está localizado naquele momento no elemento atemporal do espaço atemporal ocupado por aquele elemento instantâneo.

Não é todo objeto que pode estar localizado em um momento. Um objeto capaz de estar localizado em todos os momentos de uma duração qualquer será chamado de um objeto "uniforme" ao longo de toda aquela duração. Os objetos físicos comuns nos parecem objetos uniformes e habitualmente partimos do princípio de que objetos científicos como os elétrons são uniformes. Contudo, alguns objetos dos sentidos certamente não são uniformes. Uma melodia é um exemplo de objeto não-uniforme. Nós a percebemos como um todo em uma determinada duração, mas a melodia, enquanto melodia, não se encontra em momento algum dessa duração, embora uma das notas individuais possa estar localizada ali.

É possível, portanto, que para a existência de determinadas espécies de objetos, *e.g.* os elétrons, seja necessário um *quanta* mínimo de tempo. Aparentemente, a moderna teoria quântica está indicando algum postulado do gênero, sendo o mesmo perfeitamente coerente com a doutrina dos objetos sustentada nestas conferências.

Também o exemplo da distinção entre o elétron enquanto simples carga elétrica quantitativa de sua situação e o elétron enquanto representante da introdução de um objeto por toda a extensão da natureza é ilustrativo do ilimitado número de tipos de objetos existentes na natureza. Podemos distinguir intelectualmente até mesmo tipos cada vez mais sutis de objetos. Refiro-me aqui à sutileza no sentido de um isolamento no tocante à percepção imediata da apreensão sensível. Evolução, na complexidade da vida, significa um acréscimo nos tipos de objetos diretamente percebidos. Delicadeza na apreensão sensível significa percepções de objetos enquanto entidades distintas que não passam de idéias sutis para as sensibilidades mais embrutecidas. O fraseado musical não passa de uma sutileza abstrata para o indivíduo não-musical; é uma apreensão sensível direta para o iniciado. Por exemplo, se pudéssemos imaginar algum tipo de ente orgânico inferior a pensar e a atentar para nossos pensamentos, este ficaria admirado diante das sutilezas abstratas a que nos entregamos ao cogitar em pedras, tijolos, gotas d'água e plantas. Tudo o que esse ente conhece são vagas sensações indiferenciadas da natureza. Ele nos consideraria entregues ao jogo de intelectos excessivamente abstratos. Mas, caso pudesse pensar, ele faria prognósticos; e caso fizesse prognósticos, em breve estaria percebendo por si mesmo.

Procedemos, nestas conferências, a um exame detalhado dos fundamentos da filosofia natural. Estamos nos detendo no ponto exato em que um ilimitado oceano de investigações se descortina para o nosso questionamento.

Concordo em que a concepção de Natureza por mim sustentada nestas conferências não é simples. A natureza se mostra como um sistema complexo, cujos fatores são vagamente discernidos por nós. Mas, pergunto-lhes, não será essa a verdade propriamente dita? Não deveríamos desacreditar a contumaz segurança, com que cada época se jacta de haver finalmente alcançado os conceitos fundamentais em cujos termos tudo quanto ocorre pode ser formulado? A meta da ciência é buscar explicações as mais simples para fatos complexos. Corremos o risco de incorrer no equívoco de imaginar que os fatos são simples por ser a simplicidade o objetivo de nossa investigação. A máxima diretora da atividade de todo filósofo natural deveria ser: buscar a simplicidade e desconfiar da mesma.

CAPÍTULO VIII

RESUMO

É consenso geral que as investigações de Einstein têm um mérito básico, independente de quaisquer críticas que possamos nos sentir inclinados a dirigir-lhes: elas nos fizeram pensar. Uma vez admitido isso, porém, a maioria de nós se vê diante de uma desalentadora perplexidade. Em que deveríamos pensar? O cerne de minha conferência desta tarde será fazer frente a esse embaraço e, na medida de minha capacidade, situar sob uma luz clara as mudanças nos fundamentos de nosso pensamento científico, necessárias a qualquer aceitação, ainda que com reservas, das posições centrais de Einstein. Lembro-me que estou me dirigindo aos membros de uma sociedade de químicos, que em sua maioria não são versados em matemática avançada. O primeiro ponto que eu enfatizaria aqui é o de que aquilo que concerne imediatamente a vocês não são tanto as detalhadas deduções da nova teoria como essa modificação geral nos fundamentos das concepções físicas, decorrente de sua aceitação. Obviamente, as deduções detalhadas são importantes, porquanto a menos que nossos colegas, os astrônomos e os físicos, corroborem esses prognósticos, podemos descurar por completo da teoria. Atualmente, contudo, podemos dar como certo que, em diversos detalhes surpreendentes, verificou-se uma concordância dessas deduções com a observação. Assim sendo, a teoria merece ser levada a sério e estamos ansiosos por saber quais serão as conseqüências de sua aceitação final. Ademais, as publicações científicas e a imprensa em geral têm estado repletas, nas últimas semanas, de artigos dedicados à natureza dos experimentos cruciais realizados e a algumas das mais notáveis expressões do advento da nova teoria. "Flagrado espaço a se curvar", foi a manchete de um jornal vespertino bastante conhecido. Tal interpretação é uma tradução concisa, mas não inábil, do modo do próprio Einstein interpretar seus resultados. Devo dizer de imediato que sou um herege no que diz respeito a essa explicação e que apresentarei a vocês uma outra, baseada em alguns de meus trabalhos, uma explicação que me parece mais de acordo com nossas idéias científicas e com todo o corpo de fatos que pedem explicação. Devemo-nos lembrar de que qualquer nova teoria deve dar conta dos velhos e bem atestados fatos da ciência, exatamente na mesma medida em que dá conta dos resultados experimentais mais recentes que levaram à sua elaboração.

Para nos colocarmos em posição de assimilar e criticar qualquer mudança nas concepções científicas fundamentais, devemos começar pelo começo. Portanto, vocês deverão ser pacientes se eu iniciar fazendo algumas reflexões simples e óbvias. Consideremos três asserções: (i) "Ontem, um homem foi atropelado em Chelsea, na margem do Tâmisa'', (ii) ''O Obelisco de Cleópatra está em Charing Cross, à margem do Tâmisa'' e (iii) ''Existem linhas escuras no Espectro Solar''. A primeira asserção, sobre o acidente sofrido pelo homem, refere-se àquilo que podemos denominar uma ''ocorrência'', um ''acontecimento'' ou um ''evento''. Usarei o termo ''evento'', por ser o mais breve. A fim de especificar um evento observado, são necessários o local, o momento e o caráter do mesmo. Ao especificar o local e o momento, na verdade vocês estão estabelecendo a relação do dito evento com a estrutura geral de outros eventos observados. Por exemplo, o homem foi atropelado entre a hora do chá e a do jantar, e nas adjacências de uma barcaça que percorria o Tâmisa e do tráfego no Strand. O ponto que desejo ressaltar é o seguinte: a Natureza nos é conhecida, em nossa experiência, como um complexo de eventos passageiros. Nesse complexo, podemos discernir relações mútuas definidas entre os eventos componentes, às quais podemos denominar suas posições relativas, posições estas que expressamos parcialmente em termos de espaço e parcialmente em termos de tempo. Além de sua mera posição relativa em face de outros eventos, cada evento particular possui, ainda, seu próprio caráter peculiar. Em outras palavras, a natureza é uma estrutura de eventos e cada evento tem sua posição nessa estrutura e seu próprio caráter ou qualidade peculiar.

Examinemos agora as duas outras asserções à luz desse princípio geral quanto ao significado da natureza. Tomemos a segunda asserção — ''O Obelisco de Cleópatra está em Charing Cross, à margem do Tâmisa''. À primeira vista, dificilmente poderíamos classificar isso como um evento. Parece ressentir-se da falta do elemento tempo ou transitoriedade. Mas será que é assim? Tivesse um anjo feito a observação algumas centenas de milhões de anos atrás, a Terra não existia, vinte milhões de anos atrás não existia o Tâmisa, oitenta anos atrás não existia a avenida que hoje margeia o Tâmisa e quando eu era um meninote o Obelisco de Cleópatra não estava ali. E agora que se encontra ali, nenhum de nós espera que isso seja eterno. O elemento atemporal e estático na relação do Obelisco de Cleópatra com a margem do Tâmisa é uma pura ilusão gerada pelo fato de, para os propósitos do trato diário, sua ênfase ser desnecessária. Donde se chega ao seguinte: entre a estrutura de eventos que forma o meio em cujo âmbito transcorre o dia-a-dia dos londrinos, sabemos como identificar uma certa corrente de eventos que mantém uma permanência de caráter, no caso o caráter de constituir as situações do Obelisco de Cleópatra. Dia a dia e hora a hora podemos nos deparar com uma certa porção da vida transitória da natureza, acerca da qual dizemos: "Eis o Obelisco de Cleópatra." Se definirmos o obelisco de uma forma abstrata o suficiente, poderemos afirmar que este jamais se modifica. Contudo, um físico que encare essa porção da vida da natureza como uma dança de elétrons, dirá que diariamente o obelisco perdeu algumas moléculas e adquiriu outras, e até mesmo o homem comum pode perceber que ele se torna mais sujo e ocasionalmente é lavado. Assim, a questão da mudança no obelisco é uma simples questão de definição. Quanto mais abstrata nossa definição, mais permanente será o obelisco. Seja ele, porém, mutável ou permanente, tudo o que temos em mente ao postular que está situado em

Charing Cross, à margem do Tâmisa, é que, em meio à estrutura dos eventos, conhecemos uma certa corrente de eventos, contínua e limitada, tal que qualquer porção da dita corrente, a qualquer hora, qualquer dia ou qualquer segundo, tem o caráter de ser a situação do Obelisco de Cleópatra.

Chegamos, por fim, à terceira asserção — "Existem linhas escuras no Espectro Solar". Essa é uma lei da natureza. Mas qual seu significado? Seu significado é apenas o seguinte: se algum evento tem o caráter de ser uma demonstração do espectro solar sob certas circunstâncias determinadas, também terá o caráter de demonstrar a existência de linhas escuras naquele espectro.

Essa longa discussão nos leva à conclusão final de que os fatos concretos da natureza são eventos que revelam uma determinada estrutura em suas relações mútuas e determinados caracteres próprios. A finalidade da ciência é expressar as relações entre esses caracteres em termos das relações estruturais mútuas entre os eventos assim caracterizados. As relações estruturais mútuas entre eventos são tanto espaciais como temporais. Se as concebermos como meramente espaciais, estaremos omitindo o elemento temporal, e se as concebermos como meramente temporais, estaremos omitindo o elemento espacial. Assim, quando consideramos unicamente o espaço, ou unicamente o tempo, estamos lidando com abstrações, ou seja, estamos deixando de lado um elemento essencial na vida da natureza tal como esta se faz conhecer a nós na experiência de nossos sentidos. Mais ainda, existem diferentes maneiras de formar essas abstrações nas quais pensamos como espaço e tempo; sob determinadas circunstâncias, adotamos certa maneira e sob circunstâncias diversas adotamos outra maneira. Assim, não há o menor paradoxo em afirmar que o que entendemos por espaço mediante determinado conjunto de circunstâncias não é o mesmo que entendemos por espaço mediante um conjunto de circunstâncias diverso. Da mesma forma, o que entendemos por tempo mediante determinado conjunto de circunstâncias não é o que entendemos por tempo mediante um conjunto de circunstâncias diverso. Ao afirmar que espaço e tempo são abstrações, não quero dizer que não expressam a nós fatos reais acerca da natureza. Quero dizer, isso sim, que não existem fatos espaciais ou fatos temporais dissociados da natureza física, isto é, que espaço e tempo são simples maneiras de se expressar determinadas verdades acerca das relações entre eventos. E também que, sob diferentes circunstâncias, existem diferentes sistemas de verdades acerca do universo, naturalmente apresentadas a nós como postulados acerca do espaço. Nesse caso, o que um ser submetido a um determinado conjunto de circunstâncias entende por espaço será diferente daquilo que entende um ser submetido a outro conjunto de circunstâncias. Conseqüentemente, ao compararmos duas observações emitidas sob circunstâncias diversas, devemos indagar: "Entenderão os dois observadores a mesma coisa por espaço e a mesma coisa por tempo?" O surgimento da moderna teoria da relatividade deveu-se ao fato de certas perplexidades quanto à concordância de algumas observações delicadas como a do movimento da Terra pelo éter, o periélio de Mercúrio e as posições das estrelas nas vizinhanças do Sol terem sido solucionadas via referência a esse significado puramente relativo do espaço e do tempo.

RESUMO

Quero chamar a atenção de vocês novamente para o Obelisco de Cleópatra, sobre o qual ainda não esgotei minhas considerações. Ao caminharem pela avenida que margeia o Tâmisa, vocês subitamente erguem os olhos e dizem: "Ei, vejam só o obelisco." Em outras palavras, vocês o reconhecem. É impossível reconhecer um evento, pois quando este se foi, se foi. Vocês podem observar outro evento de caráter análogo, mas a porção atual da vida da natureza é inseparável de sua ocorrência singular. É possível, no entanto, reconhecer o caráter de um evento. Todos sabemos que se formos até a margem do Tâmisa nas proximidades de Charing Cross observaremos um evento que tem o caráter que reconhecemos como o Obelisco de Cleópatra. Denominarei objetos às coisas que reconhecemos dessa forma. Um objeto está situado naqueles eventos ou naquela corrente de eventos cujo caráter ele expressa. Existem muitas classes de objetos. Segundo a definição acima, por exemplo, a cor verde é um objeto. A finalidade da ciência é enunciar as leis que governam a manifestação dos objetos nos diferentes eventos em que se constata sua presença. Com vistas a essa finalidade, podemos nos concentrar basicamente em dois tipos de objetos, aos quais denominarei objetos materiais físicos e objetos científicos. Um objeto material físico é uma fração comum de matéria, o Obelisco de Cleópatra, por exemplo. Trata-se de um tipo bem mais complicado de objeto do que uma simples cor, como a cor do Obelisco. Denominarei a esses objetos simples, como as cores ou sons, objetos dos sentidos. Um artista se treinará para atentar mais particularmente aos objetos dos sentidos, enquanto a pessoa comum atenta normalmente aos objetos materiais.

Portanto, se estiverem caminhando com um artista, quando disserem "Ali está o Obelisco de Cleópatra", ele talvez exclame simultaneamente "Ali está uma bela porção de cor." Ambos, no entanto, estarão expressando seu reconhecimento de diferentes caracteres componentes do mesmo evento. A ciência, porém, levou-nos à descoberta de que, quando de posse de um conhecimento integral das aventuras entre os eventos de objetos físicos materiais e de objetos científicos, estamos de posse da maior parte das informações relevantes que nos permitirão antever as condições sob as quais deveremos perceber os objetos dos sentidos em situações específicas. Por exemplo, quando sabemos que há um fogo intenso (*i.e.*, objetos materiais e científicos submetidos a diferentes e interessantes aventuras em meio a certos eventos) e, no lado oposto a este, um espelho (outro objeto material), e as posições do rosto e dos olhos de um homem com o olhar fixo no espelho, sabemos que ele poderá perceber a vermelhidão da chama situada em um evento atrás do espelho — assim, em larga medida, a manifestação dos objetos dos sentidos está condicionada pelas aventuras dos objetos materiais. A análise dessas aventuras nos leva a perceber outro caráter dos eventos, a saber, seus caracteres enquanto campos de atividade que determinam os eventos subseqüentes aos quais eles passarão os objetos neles situados. Esses campos de atividade são por nós expressos em termos de forças e atrações gravitacionais, eletromagnéticas ou químicas. Contudo, a exata expressão da natureza desses campos de atividade nos obriga, intelectualmente, a reconhecer a presença de um tipo menos óbvio de objetos nos eventos. Refiro-me às moléculas e elétrons, objetos que não são reconhecidos isoladamente. É improvável que deixemos de atentar para o Obelisco de Cleópatra se estivermos em suas imediações; ninguém, contudo, já viu uma molécula isolada ou um elétron isolado, embora os caracteres dos eventos somente nos sejam explicáveis se expressos em termos desses objetos científicos. Sem dúvida, as moléculas e os elétrons são abstrações. Neste caso, porém, o mesmo se pode dizer do Obelisco de Cleópatra. Os fatos concretos são os eventos em si — já lhes expliquei que seu caráter de abstração não significa que uma entidade nada seja. Significa simplesmente que sua existência é apenas um fator de um elemento mais concreto da natureza. Assim, um elétron é abstrato porque não podemos eliminar integralmente a estrutura dos eventos e, ainda assim, manter o elétron em existência. Da mesma forma, o sorriso do gato é abstrato; e a molécula se encontra realmente no evento, no mesmo sentido em que o sorriso se encontra no semblante do gato. Ora, as ciências mais fundamentais como a química e a física não podem expressar suas leis físicas em termos de objetos vagos como o Sol, a Terra, o Obelisco de Cleópatra ou um corpo humano. Tais objetos pertencem mais propriamente à astronomia, à geologia, à engenharia, à arqueologia ou à biologia. A química e a física lidam com eles apenas enquanto manifestações de complexos estatísticos dos efeitos de suas leis mais básicas. Em certo sentido, eles apenas se introduzem na física e na química enquanto aplicações tecnológicas. A razão para tal é serem eles por demais vagos. Onde se inicia o Obelisco de Cleópatra e onde termina? Será a fuligem parte dele? Será um objeto diferente quando dele se desprende uma molécula ou quando sua superfície entra em uma combinação química com o ácido de um nevoeiro londrino? O caráter definitivo e permanente do obelisco nada representa para o possível caráter definitivo e permanente de uma molécula, tal como concebida pela ciência, e o caráter definitivo e permanente de uma molécula, por sua vez, se deve a este mesmo caráter em um elétron. Portanto, em sua formulação mais fundamental da lei, a ciência busca objetos imbuídos da simplicidade de caráter mais permanente e inequívoca, e em termos destes expressa suas leis fundamentais.

Assim também, quando buscamos expressar definitivamente as relações entre eventos originadas de sua estrutura espaço-temporal, aproximamo-nos da simplicidade reduzindo progressivamente a extensão (tanto temporal como espacial) dos eventos considerados. Por exemplo, o evento representado pela vida da porção da natureza que é o obelisco durante um minuto tem uma relação espaço-temporal muito complexa com a vida da natureza compreendida em uma barcaça a passar durante o mesmo minuto. Suponhamos, porém, que se reduza progressivamente o tempo considerado até um segundo, um centésimo de segundo, um milésimo de segundo, e assim por diante. Ao percorrermos uma tal série aproximamo-nos de uma simplicidade ideal de relações estruturais entre os pares de eventos sucessivamente considerados, ideal este que classificamos como as relações espaciais do obelisco com a barcaça em um determinado instante. Mesmo essas relações são por demais intrincadas para nós, e passamos a considerar frações progressivamente menores do obelisco e do barco. Assim, atingimos finalmente o ideal de um evento de tal modo limitado em sua extensão a ponto de estar desprovido de extensão no espaço ou no tempo. Tal evento será um mero ponto-flash espacial de duração instantânea. Dou a esse evento ideal a denominação de "partícula de evento". Não devemos considerar o mundo como fundamentalmente formado por partículas de evento. Isso é colocar a carroça na frente dos bois. O mundo que conhecemos é um fluxo contínuo de ocorrências, que podemos distinguir em eventos finitos a formar, por meio de suas mútuas sobreposições, inclusões e separações, uma estrutura espaço-temporal. Podemos expressar as propriedades dessa estrutura em termos dos limites ideais a rotas de aproximação, aos quais denominei partículas de evento. Conseqüentemente, as partículas de evento são abstrações com as quais os eventos mais concretos estão relacionados. A essa altura, porém, vocês já terão compreendido que é impossível analisar a natureza concreta sem elaborar abstrações. De mais a mais, as abstrações da ciência, repito, são entidades efetivamente existentes na natureza, embora não tenham nenhum significado isoladas da natureza.

O caráter da estrutura espaço-temporal dos eventos pode ser plenamente expresso em termos das relações entre essas partículas de evento mais abstratas. A vantagem em se lidar com partículas de evento é que, embora sejam abstratas e complexas com respeito aos eventos finitos diretamente observados, são mais simples do que os eventos finitos com respeito a suas relações mútuas. Nesse sentido, expressam para nós as exigências de uma precisão ideal e de uma simplicidade ideal na demonstração de relações. Essas partículas de evento constituem os elementos fundamentais do múltiplo quadridimensional espaço-tempo pressuposto pela teoria da relatividade. Vocês terão observado que cada partícula de evento é tanto um instante do tempo quanto um ponto do espaço. Eu a chamei de ponto-flash instantâneo. Assim, na estrutura desse múltiplo espaço-tempo, o espaço não é, por fim, diferenciado do tempo e permanece aberta a possibilidade de diferentes modos de diferenciação segundo as diferentes circunstâncias dos observadores. É essa possibilidade que estabelece a distinção fundamental entre a nova maneira de se conceber o universo e a antiga. O segredo para o entendimento da relatividade é o entendimento disso. É inútil acorrermos com paradoxos pitorescos do tipo "Flagrado espaço a se curvar", se vocês não dominaram esse conceito fundamental, subjacente a toda a teoria. Quando digo subjacente a toda a teoria, quero dizer que deveria ser subjacente a esta, embora eu possa confessar algumas dúvidas sobre até onde todas as demonstrações da teoria de fato compreenderam suas implicações e premissas.

Nossos dimensionamentos, quando expressos em termos de uma precisão ideal, são medições que expressam propriedades do múltiplo espaço-tempo. Existem diversos tipos de dimensionamentos. Podemos mensurar distâncias, ângulos, áreas, volumes ou tempos. Existem ainda outras espécies de medidas, como os dimensionamentos de intensidade de iluminação, mas por ora não pretendo considerá-los, e sim concentrar a atenção naqueles dimensionamentos que particularmente nos interessam enquanto medições de espaço ou de tempo. É fácil perceber que são necessárias quatro medições tais de caracteres apropriados a fim de se determinar a posição de uma partícula de evento no múltiplo espaço-tempo em sua relação com o restante do múltiplo. Em um campo retangular, por exemplo, partimos de um canto em um momento dado, medimos uma distância específica ao longo de um lado, depois nos lançamos campo adentro segundo ângulos retos, depois medimos uma distância específica paralela ao outro par de lados, depois subimos verticalmente por uma altura determinada e marcamos o tempo. No ponto e no momento assim alcançados estará ocorrendo um ponto instantâneo específico da natureza. Em outras palavras, os quatro dimensionamentos determinaram uma partícula de evento específica pertencente ao múltiplo quadridimensional espaço-tempo. Tais dimensionamentos se afiguraram muito simples ao agrimensor e não suscitam a menor dificuldade filosófica em sua mente. Suponhamos, porém, que existam seres suficientemente avançados no campo da invenção científica em Marte a ponto de serem capazes de observar em detalhe o processo dessa atividade agrimensória na Terra. Suponhamos que analisem as operações dos agrimensores ingleses por referência ao espaço natural de um marciano, ou seja, um espaço marciocêntrico no qual esse planeta está assentado. A Terra se desloca relativamente a Marte e em movimento de rotação. Para os seres de Marte, o processo de agrimensão, analisado dessa forma, redunda em dimensionamentos os mais complicados possíveis. Segundo a doutrina relativista, além disso, o processo de dimensionamento temporal na Terra não corresponderá exatamente a nenhum dimensionamento temporal em Marte.

Discuti esse exemplo a fim de que percebessem que, ao considerarmos as possibilidades de dimensionamento no múltiplo espaço-tempo, não devemos nos restringir apenas àquelas variações menores que poderiam parecer naturais aos seres humanos sobre a Terra. Estabeleçamos, portanto, o postulado geral de que é possível identificar quatro dimensionamentos, respectivamente de tipos independentes (como dimensionamentos de distâncias em três direções e de um tempo), e tais que determinem uma partícula de evento específica em suas relações com outras partes do múltiplo.

Sendo (p_1, p_2, p_3 e p_4) um conjunto de dimensionamentos desse sistema, diremos que a partícula de evento assim determinada terá p_1, p_2, p_3 e p_4 como suas coordenadas nesse sistema de dimensionamento. Suponhamos que o chamemos de sistema p de dimensionamento. Assim, no mesmo sistema p, variando adequadamente (p_1, p_2, p_3, p_4), é possível indicar cada partícula de evento que foi, será, ou é instantaneamente agora. Além disso, segundo qualquer sistema de dimensionamento para nós natural, três das coordenadas serão dimensionamentos de espaço e uma será um dimensionamento de tempo. Tomemos sempre a última coordenada como representando o dimensionamento temporal. Deveríamos dizer então, naturalmente, que (p_1, p_2, p_3) determinaram um ponto no espaço e que a partícula de evento ocorreu naquele ponto em um instante p_4. Mas não devemos incorrer no equívoco de imaginar que existe um espaço além do múltiplo espaço-tempo. Esse múltiplo é tudo de que se dispõe para a determinação do significado do espaço e do tempo. O significado de um ponto do espaço deve ser determinado em termos das partículas de evento do múltiplo quadridimensional. Há uma única forma de se obter isso. Observem que se variarmos o tempo e adotarmos tempos com as mesmas três coordenadas espaciais, as partículas de evento, assim indicadas, estarão todas no mesmo ponto. Porém a constatação de que nada existe além das partículas de evento apenas pode significar que o ponto (p_1, p_2, p_3) do espaço no sistema p é simplesmente a reunião de partículas de evento (p_1, p_2, p_3 [p_4]), em que p_4 é variável e (p_1, p_2, p_3) se mantêm fixos. É um tanto desconcertante constatar que um ponto no espaço não é uma simples entidade; mas é uma conclusão que decorre imediatamente da teoria relativista do espaço.

O habitante de Marte, por sua vez, determina suas partículas de evento através de algum outro sistema de dimensionamento, ao qual denominaremos sistema q. Para esse marciano, (q_1, q_2, q_3 e q_4) determinam uma partícula de evento, onde (q_1, q_2, q_3) determinam um ponto e q_4 um tempo. Mas o agrupamento de partículas de evento que ele considera um ponto difere totalmente de qualquer agrupamento congênere que o homem terrestre considere um ponto. Portanto, o espaço q para o homem de Marte é muito diferente do espaço p para o agrimensor terrestre.

Até este ponto de nossa discussão acerca do espaço estivemos falando sobre o espaço atemporal da ciência física, ou seja, de nosso conceito do espaço eterno no qual se aventura o mundo. Mas o espaço que percebemos ao olhar à nossa volta é um espaço instantâneo. Assim, se nossas percepções naturais forem ajustáveis ao sistema p de dimensionamentos, perceberemos instantaneamente todas as partículas de evento em algum momento definido p_4 e observaremos uma sucessão de tais espaços à medida que o tempo avança. O espaço atemporal é alcançado pelo encadeamento de todos esses espaços instantâneos. Os pontos de um espaço instantâneo são partículas de evento e os pontos de um espaço eterno são encadeamentos de partículas de evento a ocorrer em sucessão. O homem de Marte, porém, jamais perceberá os mesmos espaços instantâneos que o homem da Terra. Esse sistema de espaços instantâneos atravessará o sistema do homem terrestre. Para o homem terrestre, existe um espaço instantâneo que é o presente instantâneo, e existem espaços passados e espaços futuros. Mas o espaço presente do homem de Marte atravessa o espaço presente do homem da Terra. Assim, dentre as partículas de evento que, para o homem terrestre, têm sua ocorrência agora no presente, algumas, para o homem de Marte, já são passado e pertencem à ancestralidade, outras estão no futuro e outras, no presente imediato. Essa ruptura no claro conceito de um passado, um presente e um futuro é um importante paradoxo. A duas partículas de evento que, em um sistema de dimensionamento qualquer, se encontrem num mesmo espaço instantâneo, denomino partículas de evento "co-presentes". Então, é possível que A e B sejam co-presentes e que A e C sejam co-presentes, mas que B e C não sejam co-presentes. Por exemplo, a alguma inconcebível distância de nós existem eventos co-presentes conosco neste momento e também co-presentes com o nascimento da rainha Vitória. Sendo A e B co-presentes, haverá alguns sistemas em que A precede B e outros em que B precede A. Ademais, é impossível a existência de uma velocidade intensa o suficiente para transportar uma partícula de matéria de A para B ou de B para A. Esses diferentes sistemas de dimensionamento com suas divergências de cômputo temporal são intrigantes e, em certa medida, representam uma afronta a nosso senso comum. Não é a maneira usual pela qual ponderamos acerca do Universo. Pensamos em um sistema temporal necessário e um espaço necessário. Segundo a nova teoria, existe um número indefinido de séries temporais discordantes e um número indefinido de espaços distintos. Qualquer par correlato, sistema temporal e sistema espacial, conseguirá encaixar nossa descrição do Universo. Constatamos que, sob determinadas condições dadas, nossos dimensionamentos obedecem necessariamente a um par qualquer que compõe nosso sistema natural de dimensionamento. A dificuldade no tocante aos sistemas temporais discordantes é parcialmente solucionada através da distinção entre o que denomino o avanço criativo da natureza, que não é propriamente serial em absoluto, e qualquer série temporal. Costumeiramente embaralham esse avanço criativo, o qual experimentamos e conhecemos como a perpétua transição da natureza rumo ao novo, com a série unitemporal que naturalmente empregamos para fins de mensuração. As diferentes séries temporais dimensionam, cada qual, algum aspecto do avanço criativo, enquanto o conjunto das mesmas expressa todas as propriedades mensuráveis desse avanço. A razão pela qual deixamos de apontar anteriormente essa diferença de séries temporais é a diferença mínima de propriedades existente entre quaisquer duas dessas séries. Quaisquer fenômenos observáveis devidos a essa causa dependem do quadrado da razão entre qualquer velocidade que se passe a observar e a velocidade da luz. Ora, a luz leva cerca de cinqüenta minutos para percorrer a órbita terrestre; e a Terra leva algo além de 17.531 meias-horas para fazer o mesmo. Como conseqüência, todos os efeitos decorrentes desse movimento são da ordem da razão de 1 para o quadrado de 10.000. Dessa forma, um homem da Terra e um homem do Sol terão apenas negligenciado efeitos cujas magnitudes quantitativas contêm, sem exceção, o fator $1/10^8$. Tais efeitos, evidentemente, apenas podem ser percebidos por intermédio das mais sofisticadas observações. No entanto, foram observados. Suponha-se que comparemos duas observações da velocidade da luz empreendidas com um único aparato ao deslocarmos o mesmo segundo um ângulo reto. A velocidade da Terra relativamente ao Sol se encontra em uma determinada direção e a velocidade da luz relativamente ao éter deve ser a mesma em todas as direções. Portanto, se o espaço tem o mesmo significado quando admitimos o éter em repouso e quando admitimos a Terra em repouso, deveríamos constatar que a velocidade da luz relativamente à Terra varia de acordo com a direção da qual a luz provém.

Essas observações acerca da Terra constituem o princípio fundamental das célebres experiências destinadas a detectar o movimento do planeta pelo éter. Todos vocês sabem que, para nossa grande surpresa, seu resultado foi nulo. O que é completamente explicado pelo fato de que o sistema espacial e o sistema temporal por nós adotados são, sob certos aspectos mínimos, diferentes do espaço e do tempo relativamente ao Sol ou relativamente a qualquer outro corpo com referência ao qual a Terra esteja se deslocando.

Toda essa discussão quanto à natureza do tempo e do espaço ergueu em nosso horizonte uma grande dificuldade que afeta a formulação de todas as leis fundamentais da física — por exemplo, as leis do campo eletromagnético e a lei da gravitação. Tomemos como exemplo a lei da gravitação. Sua formulação é a seguinte: dois corpos materiais atraem-se mutuamente com uma força proporcional ao produto de suas massas e inversamente proporcional ao quadrado de suas distâncias. Presume-se, nesse enunciado, que os corpos sejam suficientemente pequenos para serem tratados como partículas materiais em relação a suas distâncias, de modo que podemos deixar de nos preocupar com esse ponto de somenos importância. A dificuldade para a qual quero chamar a atenção de vocês é a seguinte: na formulação da lei, são presumidos um tempo definido e um espaço definido. Parte-se do pressuposto de que as duas massas ocupam posições simultâneas.

Contudo, o que é simultâneo em um sistema temporal pode não sê-lo em outro. Assim, segundo nossas novas concepções, nesse aspecto a lei não está formulada de modo a conter algum significado exato. Além disso, uma dificuldade análoga se apresenta quanto à questão da distância. A distância entre duas posições instantâneas, *i.e.* entre duas partículas de evento, é diferente em sistemas espaciais diferentes. Qual espaço deve ser escolhido? Se aceita a relatividade, portanto, a lei ainda se ressente da ausência de uma formulação precisa. Nosso problema consiste em buscar uma nova interpretação da lei da gravidade em que tais dificuldades sejam contornadas. Em primeiro lugar, devemos evitar as abstrações de espaço e tempo na formulação de nossas idéias fundamentais e recorrer aos fatos básicos da natureza, ou seja, os eventos. Assim também, a fim de encontrar a simplicidade ideal na expressão das relações entre eventos, devemos nos restringir a partículas de evento. Desse modo, a vida de uma partícula material é sua aventura em meio a uma trilha de partículas de evento encadeadas como uma série ou caminho contínuo no múltiplo quadridimensional espaço-tempo. Essas partículas de evento são as diferentes situações da partícula material. Normalmente expressamos esse fato através da adoção de nosso sistema espaço-temporal natural e falando do percurso da partícula material no espaço tal como este existe em sucessivos instantes do tempo.

Devemos nos perguntar quais são as leis da natureza que levam a partícula material a adotar exatamente esse caminho e não outro entre as partículas de eventos. Pensemos no caminho como um todo. Que característica do caminho não seria compartilhada por nenhum outro caminho ligeiramente diverso? Nossa pergunta pede algo mais que uma lei da gravidade. Queremos leis do movimento e uma idéia geral do modo como formular os efeitos das forças físicas.

Para responder à nossa pergunta, coloquemos a idéia da atração das massas em segundo plano e concentremos a atenção no campo de atividade dos eventos nas imediações do caminho. Assim procedendo, estamos agindo em conformidade com a tendência geral do pensamento científico nos últimos cem anos, que vem concentrando cada vez mais a atenção no campo de força enquanto agente imediato da direção do movimento, em detrimento da consideração da influência mútua imediata entre dois corpos distantes. Precisamos encontrar o meio de expressar o campo de atividade dos eventos situados nas imediações de alguma partícula de evento E específica no múltiplo quadridimensional. Introduzirei agora uma idéia física fundamental, que chamo de "ímpeto", a fim de expressar esse campo físico. A partícula de evento E está relacionada a qualquer partícula de evento P de sua vizinhança por um elemento de ímpeto. O conjunto de todos os elementos de ímpeto que relacionam E ao conjunto das partículas de evento nas imediações de E expressa o caráter do campo de atividade na vizinhança de E. O ponto em que divirjo de Einstein é que ele concebe essa quantidade a que denomino ímpeto como expressando simplesmente os caracteres espaço-temporais a serem adotados e, assim, termina falando do campo gravitacional a manifestar uma curvatura no múltiplo espaço-tempo. Não consigo perceber uma concepção clara em sua interpretação do espaço e do tempo. Minhas fórmulas diferem ligeiramente das suas, embora concordem naqueles aspectos em que os resultados de Einstein têm sido comprovados. Nem é preciso dizer que, no tocante à formulação da lei da gravitação, inspirei-me no método geral de procedimento que constitui sua grande descoberta.

Einstein mostrou como expressar os caracteres do conjunto de elementos de ímpeto do campo circunjacente a uma partícula de evento E em termos de dez quantidades, às quais chamarei F_{11}, F_{12} ($= F_{21}$), F_{22}, F_{23} (F_{32}), etc. Poderemos observar que existem quatro dimensionamentos espaço-temporais a relacionar E com seu vizinho P, e que existem dez pares de tais dimensionamentos, se nos for permitido tomar cada dimensionamento individual duas vezes para formar tal par. Os dez Fs dependem simplesmente da posição de E no múltiplo quadridimensional, e o elemento do ímpeto entre E e P pode ser expresso em termos dos dez Fs e dos dez pares dos quatro dimensionamentos espaço-temporais que relacionam E e P. Os valores numéricos dos Fs dependerão do sistema de dimensionamento adotado, porém de tal modo estão ajustados a cada sistema particular que o mesmo valor é obtido para o elemento de ímpeto entre E e P, seja qual for o sistema de dimensionamento adotado. Tal fato é expresso pelo enunciado de que os dez Fs formam um "tensor". Não será exagerado dizer que, quando divulgada pela primeira vez a comprovação dos prognósticos de Einstein, o anúncio de que no futuro os físicos teriam de estudar a teoria dos tensores criou um verdadeiro pânico entre eles.

Os dez Fs em qualquer partícula de evento E podem ser expressos em termos de duas funções às quais denomino o potencial e o "potencial associado" em E. O potencial é praticamente aquilo que se entende pela gravitação potencial comum, quando nos expressamos em termos do espaço euclidiano em referência ao qual a massa que exerce a atração se encontra em repouso. O potencial associado é definido pela modificação resultante da substituição da distância inversa pela distância direta na definição de potencial, e pode-se facilmente fazer depender seu cálculo daquele do potencial tradicional. Assim, o cálculo dos Fs — os coeficientes de ímpeto, como os chamarei — não envolve nada de muito revolucionário no conhecimento matemático dos físicos. Voltamos agora ao caminho da partícula atraída. Se somarmos todos os elementos de ímpeto no caminho como um todo, obteremos, como resultado, aquilo que denomino "ímpeto integral". A característica do caminho efetivo quando comparado a caminhos alternativos das imediações é que nos caminhos efetivos não haveria nem ganho nem perda em termos do ímpeto integral, caso a partícula se desviasse, oscilante, por um caminho alternativo pequeno e extremamente próximo. Os matemáticos expressariam isso dizendo que o ímpeto integral é estacionário para um deslocamento infinitesimal. Nesse enunciado da lei do movimento, negligenciei a existência de outras forças. Mas isso me afastaria demasiado do tema em questão.

Para permitir a presença do campo gravitacional, a teoria eletromagnética deve ser modificada. Assim, as investigações de Einstein conduziram à primeira descoberta de qualquer relação entre a gravidade e outros fenômenos físicos. Da forma como apresentei essa modificação, deduzimos o princípio fundamental de Einstein, quanto ao movimento da luz por seus raios, como uma primeira aproximação, absolutamente verdadeira para ondas infinitamente breves. O princípio de Einstein, parcialmente comprovado, assim, e enunciado em minha linguagem, é o de que um raio de luz segue sempre um caminho tal que o ímpeto ao longo do mesmo é zero. O que implica que todo elemento de ímpeto ao longo do mesmo é zero.

Para concluir, devo apresentar minhas desculpas. Em primeiro lugar, empalideci consideravelmente as diversas e interessantes peculiaridades da teoria original e a reduzi no sentido de maior conformidade com a física tradicional. Não aceito que os fenômenos físicos se devam a eventuais caprichos do espaço. Além disso, contribuí para a aridez da conferência, movido por meu respeito pela assistência. Talvez tivessem apreciado uma conferência mais popular, com alguns exemplos de deliciosos paradoxos. Sei também, contudo, que os senhores são estudantes conscienciosos, que aqui vieram porque realmente querem saber como as novas teorias poderão vir a afetar suas pesquisas científicas.

CAPÍTULO IX

OS CONCEITOS FÍSICOS FUNDAMENTAIS

O segundo capítulo do presente livro estabelece o princípio fundamental a ser observado na estruturação de nossos conceitos físicos. Devemos evitar a nociva bifurcação. A natureza nada mais é do que a revelação da apreensão sensível. Não contamos com princípio algum que nos indique o que poderia estimular a mente no sentido da apreensão sensível. Nossa única tarefa é expor, através de um sistema determinado, os caracteres e inter-relações de tudo quanto é observado. No tocante à formulação de conceitos físicos, nossa atitude frente à natureza é puramente "comportamental".

Nosso conhecimento da natureza é uma experiência de atividade (ou passagem). As coisas previamente observadas são entidades ativas, ou "eventos". São porções da vida da natureza. Tais eventos guardam entre si relações que, para o nosso entendimento, se distinguem em relações espaciais e relações temporais. Contudo, essa distinção entre espaço e tempo, embora inerente à natureza, é comparativamente superficial; espaço e tempo são, cada qual, expressões parciais de uma mesma relação fundamental entre eventos, que não é nem espacial nem temporal. A essa relação denomino "extensão". A relação de "estender-se por sobre" é a relação de "inclusão", em um sentido espacial, temporal ou em ambos. A simples "inclusão", todavia, é mais fundamental que qualquer das alternativas e não requer nenhuma diferenciação espaço-temporal. Com respeito à extensão, dois eventos estão mutuamente relacionados de tal sorte que (i) um inclui o outro ou (ii) um sobrepõe-se ao outro sem uma inclusão completa ou (iii) ambos estão completamente separados. É preciso grande cautela, porém, na definição de elementos espaciais e temporais com base na extensão, a fim de se evitar algumas limitações tácitas, na verdade dependentes de relações e propriedades indefinidas.

Tais falácias podem ser evitadas atentando-se para dois elementos de nossa experiência, a saber, (i) nosso "presente" observacional e (ii) nosso "evento percipiente".

Nosso "presente" observacional é o que denomino uma "duração". É o todo da natureza apreendido em nossa observação imediata. Tem, portanto, a natureza de um evento, mas possui uma inteireza peculiar que distingue tais durações enquanto um tipo especial de eventos, inerentes à natureza. Uma duração não é instantânea. Ela é tudo quanto existe da natureza com certas limitações temporais. Contrariamente a outros eventos, uma duração será chamada infinita, enquanto os demais eventos são finitos[1]. Em nosso conhecimento

---

1. Cf. nota acerca de "significado", pp. 232-3.

OS CONCEITOS FÍSICOS FUNDAMENTAIS 219

de uma duração podemos distinguir (i) determinados eventos nela incluídos, particularmente discriminados quanto a suas individualidades peculiares e (ii) os eventos remanescentes incluídos, que apenas são conhecidos como necessariamente existentes em virtude de suas relações com os eventos discriminados e com a duração como um todo. A duração como um todo é significada[2] por aquela qualidade relacional (com respeito à extensão) de que é dotada a parte imediatamente sob observação; em outras palavras, pelo fato de que existe essencialmente um além para tudo quanto é observado. Quero dizer com isso que todo evento é conhecido enquanto relacionado a outros eventos não incluídos no mesmo. Esse fato, de que cada evento é reconhecido como dotado da qualidade da exclusão, mostra ser a exclusão uma qualidade tão positiva quanto a inclusão. Não existem, é claro, relações apenas negativas na natureza e a exclusão não é a simples negativa da inclusão, embora as duas relações sejam opostas. Ambas dizem respeito unicamente a eventos, e a exclusão é passível de definição lógica em termos da inclusão.

Possivelmente a manifestação mais óbvia de significado resida em nosso conhecimento do caráter geométrico dos eventos compreendidos em um objeto material opaco. Sabemos, por exemplo, que uma esfera opaca possui um centro. Tal conhecimento nada tem a ver com o material; a esfera pode ser uma sólida e uniforme bola de bilhar ou uma bola de tênis oca. Tal conhecimento é essencialmente produto do significado, uma vez que

---

2. Cf. cap. III, pp. 64 ss.

o caráter geral dos eventos externos discriminados nos informou da existência de eventos no âmbito da esfera e também da estrutura geométrica desses eventos.

Algumas críticas a "The Principles of Natural Knowledge" indicam a dificuldade encontrada em se apreender as durações enquanto estratificações reais da natureza. Penso que tal hesitação tem origem na influência inconsciente do nocivo princípio da bifurcação, tão profundamente arraigado no pensamento filosófico moderno. Observamos a natureza como estendida em um presente imediato que é simultâneo porém não instantâneo e, por conseguinte, o todo imediatamente discernido ou significado como um sistema inter-relacionado forma uma estratificação da natureza que é um fato físico. Essa é uma conclusão imediata, salvo se admitirmos a bifurcação na forma do princípio dos acréscimos psíquicos, aqui rejeitado.

Nosso "evento percipiente" é aquele evento incluído em nosso presente observacional que distinguimos como sendo, de algum modo peculiar, o nosso ponto de vista para a percepção. Trata-se, falando *grosso modo*, daquele evento que é nossa vida corporal no âmbito da duração presente. A teoria da percepção, tal como desenvolvida pela psicologia médica, baseia-se no significado. A situação distante de um objeto percebido apenas nos é conhecida enquanto significada por nosso estado corporal, *i.e.*, por nosso evento percipiente. Na verdade, a percepção exige a apreensão sensível dos significados de nosso evento percipiente, juntamente com a apreensão sensível de uma relação peculiar (de situação) entre determinados objetos e os eventos assim significados. Nosso evento percipiente é preservado por ser a natureza como um todo segundo esse fato de seus significados. Tal é o sentido de chamar ao evento percipiente o nosso ponto de vista para a percepção. A trajetória de um raio de luz está ligada apenas derivativamente à percepção. O que efetivamente percebemos são objetos enquanto relacionados a eventos significados pelos estados corporais estimulados pelo raio. Esses eventos significados (como no caso das imagens vistas atrás de um espelho) podem ter pouca relação com a trajetória efetiva do raio. No curso da evolução sobreviveram aqueles animais cuja apreensão sensível está concentrada naqueles significados de seus estados corporais relevantes, em média, ao seu bem-estar. O mundo dos eventos é significado em sua totalidade, mas alguns destes impõem a pena de morte por desatenção.

O evento percipiente está sempre aqui e agora na duração presente associada. Possui o que se pode denominar uma posição absoluta naquela duração. Assim, uma duração definida está associada a um evento percipiente definido e, com isso, podemos nos aperceber de uma relação peculiar que os eventos finitos podem guardar com as durações. Dou a essa relação o nome de "cogrediência". A noção de repouso é derivativa daquela de cogrediência e a noção de movimento é derivativa daquela de inclusão em uma duração desprovida de cogrediência com tal evento. Na verdade, o movimento é uma relação (de caráter variável) entre um evento observado e uma duração observada, enquanto a cogrediência é o caráter ou subespécie mais elementar de movimento. Resumindo, essencialmente envolvidos no caráter geral de cada observação da natureza há uma duração e um evento percipiente, sendo este cogrediente com a duração.

Nosso conhecimento dos caracteres peculiares de diferentes eventos depende de nosso poder de comparação. Dou ao exercício desse fator de nosso conhecimento o nome de "reconhecimento", enquanto à indispensável apreensão sensível dos caracteres comparáveis denomino "reconhecimento sensível". Reconhecimento e abstração envolvem essencialmente um ao outro. Cada um deles demonstra, para o conhecimento, uma entidade que está aquém do fato concreto, mas que é um fator real naquele fato. O fato mais concreto passível de uma discriminação isolada é o evento. Não pode haver abstração sem reconhecimento e não pode haver reconhecimento sem abstração. Percepção envolve apreensão do evento e reconhecimento dos fatores de seu caráter.

As coisas reconhecidas são o que denomino "objetos". Nessa acepção geral do termo, a relação de extensão é, em si mesma, um objeto. Na prática, todavia, restrinjo o termo àqueles objetos capazes de serem considerados, em um certo sentido determinado, dotados de uma situação no evento; ou seja, na frase "Ei-lo aí novamente", restrinjo o "aí" à função de indicador de um evento especial, a situação do objeto. Ainda assim, existem diferentes tipos de objetos, e os postulados que se aplicam a determinado tipo de objeto em geral não se aplicam a objetos de tipos diferentes. Os objetos que nos dizem respeito aqui para a formulação das leis físicas são objetos materiais, como frações de matéria, moléculas e elétrons. As relações entre um objeto de um desses tipos com os eventos diferem daquelas pertencentes à corrente de suas situações. O fato de suas situações no âmbito dessa corrente imprimiu em todos os demais eventos determinadas modificações em seus caracteres.

Na verdade, o objeto em sua totalidade pode ser concebido como um conjunto específico de modificações correlatas nos caracteres de todos os eventos, com a propriedade de que essas modificações redundam em uma determinada propriedade focal naqueles eventos pertencentes à corrente de suas situações. A soma total das modificações nos caracteres de eventos, determinadas pela presença de um objeto em uma corrente de situações, é o que denomino "campo físico" decorrente do objeto. Na verdade, porém, não se pode separar o objeto de seu campo. O objeto nada mais é, em realidade, do que o conjunto sistematicamente ajustado de modificações no campo. A limitação convencional do objeto à corrente focal de eventos em que dizemos que ele está "situado" é conveniente a algumas finalidades, mas obscurece o fato fundamental da natureza. Desse ponto de vista, a antítese entre ação a distância e ação por transmissão é desprovida de sentido. A doutrina desse parágrafo nada mais é do que uma outra maneira de expressar a indissolúvel relação múltipla entre objeto e eventos.

Qualquer família de durações paralelas determina a formação de um sistema temporal completo. Duas durações são paralelas se (i) uma inclui a outra, se (ii) elas se sobrepõem de modo a incluir uma terceira duração comum a ambas, ou (iii) são completamente isoladas. O caso excluído é o de duas durações que se sobrepõem de modo a incluírem mutuamente um agregado de eventos finitos, sem incluir mutuamente, todavia, nenhuma outra duração completa. O reconhecimento do fato de um número indefinido de durações paralelas é o que diferencia o conceito de natureza aqui apresentado do conceito ortodoxo, mais antigo, dos sistemas temporais essencialmente únicos. Sua divergência com relação ao conceito de natureza defendido por Einstein será indicada em linhas gerais mais adiante.

Os espaços instantâneos de um sistema temporal dado são as durações ideais (inexistentes) de densidade temporal zero indicadas pelas rotas de aproximação ao longo das séries formadas por durações da família associada. Cada espaço instantâneo desses representa o ideal da natureza em um instante e é também um momento do tempo. Cada sistema temporal conta, assim, com um agregado de momentos pertencentes unicamente a ele. Cada partícula de evento está situada em um, em apenas um momento de um sistema temporal dado. São três os caracteres de uma partícula de evento[3]: (i) seu caráter extrínseco, que é seu caráter enquanto rota definida de convergência entre eventos, (ii) seu caráter intrínseco, que é a qualidade peculiar da natureza em sua circunvizinhança, ou seja, o caráter do campo físico de sua circunvizinhança, e (iii) sua posição.

A posição de uma partícula de evento origina-se do agregado de momentos (sem que haja dois de mesma família) em que a mesma está compreendida. Concentramos nossa atenção em um desses momentos, do qual nos aproximamos através da breve duração de nossa experiência imediata, e expressamos a posição como a posição nesse momento. Mas a partícula de evento recebe sua posição no momento M em virtude do agregado total de outros momentos M', M'', etc., nos quais também está situada. A decomposição de M em uma geo-

---

3. Cf. pp. 100 ss.

metria de partículas de evento (pontos instantâneos) expressa a diferenciação de M através de suas intersecções com momentos de sistemas temporais que lhe são estranhos. É dessa forma que planos, retas e as próprias partículas de evento ganham existência. Também o paralelismo entre planos e retas origina-se do paralelismo entre os momentos de um único sistema temporal que cruza M. Do mesmo modo, a ordem dos planos paralelos e das partículas de evento em linhas retas origina-se da ordem temporal desses momentos que se interseccionam. A explicação não será fornecida aqui[4]. Por ora, basta simplesmente mencionar as fontes das quais toda a geometria obtém sua explicação física.

A correlação entre os vários espaços momentâneos de um mesmo sistema temporal é efetuada através da relação de cogrediência. Evidentemente, o movimento em um espaço instantâneo é algo sem sentido. O movimento expressa uma comparação entre a posição em um espaço instantâneo e as posições em espaços instantâneos diversos do mesmo sistema temporal. A cogrediência revela o mais simples produto de tal comparação, a saber, o repouso.

Movimento e repouso são fatos imediatamente observáveis. São relativos no sentido de que dependem do sistema temporal que está na base da observação. Uma cadeia de partículas de evento cuja ocupação sucessiva significa repouso em um sistema temporal dado forma um ponto atemporal no espaço atemporal daquele sistema temporal. Dessa forma, cada sistema temporal pos-

---

4. Cf. *Principles of Natural Knowledge* e capítulos anteriores do presente trabalho.

sui seu próprio espaço atemporal permanente, peculiar exclusivamente a si próprio, e cada um desses espaços é composto por pontos atemporais pertencentes àquele sistema temporal e a nenhum outro. Os paradoxos da relatividade surgem da negligência ao fato de que diferentes pressupostos no tocante ao repouso envolvem a expressão dos fatos da ciência física em termos de espaços e tempos radicalmente diferentes, em que pontos e momentos possuem diferentes significados.

A fonte da ordem já foi indicada e chegamos agora àquela da congruência. Esta depende do movimento. Da cogrediência advém a perpendicularidade; e da perpendicularidade, conjuntamente com a simetria recíproca entre as relações de dois sistemas temporais quaisquer, define-se completamente a congruência tanto no tempo quanto no espaço (cf. *loc.cit.*).

As fórmulas resultantes são aquelas da teoria eletromagnética da relatividade ou, conforme sua designação atual, da teoria restrita. Mas existe a seguinte diferença crucial: a velocidade crítica c que figura nessas fórmulas não tem agora a menor ligação com a luz ou qualquer outro fato do campo físico (contrariamente à estrutura extensional dos eventos). Ela simplesmente assinala o fato de que nossa determinação de congruência abarca tanto tempos como espaços em um único sistema universal e, por conseguinte, se duas unidades arbitrárias são escolhidas, uma para todos os espaços e outra para todos os tempos, a razão entre ambas será uma velocidade, e esta, por sua vez, uma propriedade fundamental da natureza a expressar o fato de que tempos e espaços são realmente comparáveis.

As propriedades físicas da natureza são expressas em termos de objetos materiais (elétrons, etc.). O caráter físico de um evento tem origem no fato de o mesmo pertencer ao campo do complexo global de tais objetos. Sob um ponto de vista diferente, podemos dizer que esses objetos nada mais são que nosso modo de expressar a correlação mútua dos caracteres físicos dos eventos.

A mensurabilidade espaço-temporal da natureza decorre (i) da relação de extensão entre os eventos e (ii) do caráter estratificado da natureza resultante de cada um dos sistemas temporais alternativos e (iii) do repouso e movimento, tal como revelados nas relações entre eventos finitos e sistemas temporais. Nenhuma dessas fontes de medição depende dos caracteres físicos dos eventos finitos tal como manifestados pelos objetos situados. Elas são completamente significadas para eventos cujos caracteres físicos são desconhecidos. Assim, os dimensionamentos espaço-temporais independem dos caracteres físicos objetivos. Além disso, o caráter de nosso conhecimento de uma duração completa, essencialmente derivado do significado da parte contida no campo imediato de nossa discriminação, elabora tal duração para nós como um todo uniforme e independente, no que se refere à sua extensão, dos caracteres não observados de eventos remotos. Em outras palavras, existe um todo definido da natureza, simultaneamente presente neste momento, seja qual for o caráter de seus eventos remotos. Tal consideração fortalece a conclusão anterior. Essa conclusão conduz à asserção da uniformidade essencial dos espaços momentâneos dos diversos sistemas temporais e, daí, à uniformidade dos espaços atemporais, dos quais existe um para cada sistema temporal.

A análise aqui proposta do caráter geral da natureza observada se presta a explicações de diversos fatos fundamentais ligados à observação: (α) Ela explica a diferenciação da qualidade única da extensão em tempo e espaço. (β) Confere um significado aos fatos observados da posição geométrica e temporal, da ordem geométrica e temporal e àqueles dotados das propriedades geométricas da reta e do plano. (γ) Elege um sistema de congruência definido que abrange tanto o tempo como o espaço e explica, assim, a concordância quanto aos dimensionamentos obtidos na prática. (δ) Explica (coerentemente com a teoria da relatividade) os fenômenos observados de rotação, *e.g.* o pêndulo de Foucault, o abaulamento equatorial da Terra, os sentidos fixos de rotação de ciclones e anticiclones e a bússola giroscópica. Isso se torna possível por sua admissão de estratificações definidas da natureza, reveladas pelo próprio caráter do conhecimento que temos dela. (ϵ) Suas explicações do movimento são mais fundamentais que aquelas expressas em (δ), pois explica o que se entende pelo movimento em si. O movimento observado de um objeto estendido é a relação de suas diferentes situações com a estratificação da natureza expressa pelo sistema temporal que está na base da observação. O movimento expressa uma relação real entre o objeto e o restante da natureza. A expressão quantitativa dessa relação irá variar segundo o sistema temporal escolhido para sua expressão.

Essa teoria não atribui à luz nenhum caráter peculiar além daquele atribuído a outros fenômenos físicos como o som. Não há fundamento algum para tal diferenciação. Alguns objetos nos são conhecidos apenas pela visão, outros apenas pelo som, enquanto outros não são observados por nós quer pela luz ou pelo som, mas pelo toque, o olfato ou outras vias. A velocidade da luz varia segundo o meio em que se propaga e o mesmo se dá com o som. Sob determinadas condições, a luz se desloca em trajetórias curvas, e o mesmo se verifica com o som. Tanto a luz quanto o som constituem ondas de perturbação nos caracteres físicos dos eventos; e (conforme enunciado acima, p. 221) a trajetória efetiva da luz em nada é mais importante para a percepção do que a trajetória efetiva do som. Basear toda a filosofia da natureza na luz é um pressuposto infundado. A experiência de Michelson-Morley e outras do gênero demonstram que, dentro dos limites da imprecisão observacional, a velocidade da luz é uma aproximação à velocidade crítica "c", que expressa a relação entre nossas unidades de tempo e espaço. É possível provar que o pressuposto referente à luz, através do qual se explicam tais experiências e a influência do campo gravitacional nos raios luminosos, é deduzível, *enquanto aproximação*, das equações do campo eletromagnético. Isso elimina por completo qualquer necessidade de se diferenciar a luz de outros fenômenos físicos enquanto dotada de qualquer caráter fundamental.

Cabe observar que o dimensionamento da natureza estendida por intermédio de objetos estendidos é desprovida de significado, à parte algum fato observado de simultaneidade inerente à natureza e não um simples exercício do intelecto. Do contrário, não há significado algum no conceito de uma apresentação única de nossa régua de medição estendida AB. Por que não AB', onde B' é a extremidade B cinco minutos mais tarde? Para ser viável, o dimensionamento pressupõe a natureza como uma simultaneidade e um objeto presente então e presente agora. Em outras palavras, o dimensionamento da natureza estendida requer algum caráter inerente na natureza que propicie a existência de uma regra para a apresentação de eventos. Por outro lado, não se pode definir congruência pela permanência da régua de medição. A permanência em si é desprovida de significado, à parte algum julgamento imediato de autocongruência. Do contrário, como diferenciaríamos um fio elástico de uma régua rígida de medição? Cada qual permanece o mesmo objeto, idêntico a si mesmo. Por que razão um deles é uma régua de medição possível e o outro não? O significado da congruência reside para além da identidade do objeto consigo próprio. Em outras palavras, a mensuração pressupõe o mensurável, e a teoria do mensurável é a teoria da congruência.

Por outro lado, a admissão de estratificações da natureza conduz à formulação das leis da natureza. Foi estabelecido que essas leis devem ser expressas em equações diferenciais que, tal como formuladas em qualquer sistema geral de dimensionamento, não devem guardar referência a nenhum outro sistema de dimensionamento particular. Tal requisito é puramente arbitrário, pois um sistema de dimensionamento dimensiona algo inerente à natureza; do contrário, não terá absolutamente vínculo algum com a natureza. E aquilo que é medido por um sistema de dimensionamento particular pode guardar uma relação especial com o fenômeno cuja lei se encontra em formulação. Por exemplo, podemos esperar que o campo gravitacional gerado por um objeto material em repouso em um determinado sistema temporal apresente, em sua formulação, referência a grandezas espaciais e temporais daquele sistema temporal.

O campo, obviamente, pode ser expresso em qualquer sistema de medida, mas a referência particular permanecerá como a simples explicação física.

NOTA:

DO CONCEITO GREGO DE PONTO

As páginas precedentes foram encaminhadas à impressão antes que eu tivesse o prazer de ler o trabalho de Sir T. L. Heath, *Euclid in Greek*[1]. A primeira definição de Euclides, no original, é

$$\sigma\eta\mu\varepsilon\tilde{\iota}\acute{o}\nu\ \dot{\varepsilon}\sigma\tau\iota\nu,\ o\tilde{\upsilon}\ \mu\acute{\varepsilon}\rho o\varsigma\ o\dot{\upsilon}\theta\acute{\varepsilon}\nu.$$

Citei-a na p. 104 na forma ampliada que me foi ensinada na infância, "desprovido de partes e desprovido de magnitude". Seria preciso que eu tivesse consultado a edição inglesa de Heath — um clássico desde o momento de sua publicação — antes de me lançar a uma declaração acerca de Euclides. Esta, porém, é uma correção trivial que não afetará o sentido e nem justificaria uma nota. Gostaria de chamar a atenção aqui à nota do próprio Heath a essa definição em seu *Eu-*

---

1. Cambridge Univ. Press, 1920.

clid in Greek. Ele sintetiza o pensamento grego acerca da natureza do ponto desde os pitagóricos, passando por Platão e Aristóteles, até chegar em Euclides. Minha análise do caráter indispensável de um ponto nas pp. 108 e 109 está em total consonância com o surgimento da discussão grega.

NOTA:

DO SIGNIFICADO E DOS EVENTOS INFINITOS

A teoria do significado foi ampliada e tornada mais precisa no presente volume. Ela já havia sido introduzida nos *Principles of Natural Knowledge* (cf. subartigos 3.3 a 3.8 e 16.1, 16.2, 19.4, e artigos 20, 21). Ao revisar as provas do presente volume, chego à conclusão de que, à luz desse desdobramento, minha limitação dos eventos infinitos a durações é indefensável. Tal limitação está formulada no artigo 33 dos *Principles* e no início do Capítulo IV (p. 91) do presente livro. Existe um único significado dos eventos discernidos a abarcar a totalidade da duração presente, mas existe o significado de um evento cogrediente envolvendo sua extensão através de todo um sistema temporal, para trás e para a frente. Em outras palavras, o "além" essencial da natureza é um além determinado no tempo, bem como no espaço [cf. pp. 66, 227]. Segue isso de toda minha tese quanto à assimilação do tempo e do espaço e da origem de ambos na extensão, além de basear-se também na análise do caráter de nosso conhecimento da natureza. Dessa admissão decorre que é possível definir as trilhas de pontos [*i.e.* os pontos de espaços atemporais] como elementos abstrativos. Temos aqui um grande aprimoramento, na medida em que se restaura o equilíbrio entre momentos e pontos. Continuo defendendo, no entanto, a afirmação do subartigo 35.4 dos *Principles*, de que a intersecção de um par de durações não-paralelas não se apresenta a nós como um evento único. Essa correção não afeta nenhuma das ponderações subseqüentes em ambos os livros.

Aproveito a oportunidade para assinalar que os "eventos estacionários" do artigo 57 dos *Principles* são meros eventos cogredientes aos quais se tem acesso a partir de um ponto de vista matemático abstrato.

IMPRESSÃO E ACABAMENTO:
YANGRAF Fone/Fax: 2095-7722
e-mail:santana@yangraf.com.br